용사 일행
유람 여행

키가츠케바 케다마
ill 호로스케

volume **1**

엑셀리아
마검의 정령인 여자아이.
코타로와는
오래 알고 지낸 사이.

야사카 코타로
이세계를 여럿 구한
베테랑 용사.
놀았던 기억이 그다지 없다.

「이거 네가 보기에 어때?」

추천 플랜 2

자연이 풍부한
클로서스 고원

일품! 암흑룡
와일드 바비큐!

「잘 먹겠습니다, 마스터.」

프림로즈
또 다른 이세계에서 온
인간형 병기 소녀.
코타로를 잘 따름.

별빛으로 가득한 하늘 아래

궁극의 평온함이 이곳에──

추천 플랜 3
역사를 전하는
온천 마을 볼비스

Contents

컬러·본문 일러스트 : 호로스케

용사 일행
유람 여행
1

키가츠케바 케다마
ⅲ 호로스케

표지 · 본문 일러스트
호로스케

그가 처음으로 세계를 구한 건 초등학생 때였다.

"자 덤벼라, 몬스터! 내가 상대해 주마!"

갑작스러운 소환. 눈 앞에 펼쳐진 낯선 풍경.

용사로 선택된 야사카 코타로에게 최소한의 설명과 함께 성검과 사명이 주어졌다.

망설였어도 되었다. 억지로 떠맡겨진 사명 같은 건 무시해도 상관없었다.

하지만 그는 정의감이 강한 소년이었다. 어떻게 원래 세계로 돌아갈 것인지가 아니라 어떻게 하면 사람들을 구할 수 있을 것인지를 생각하며 행동했다.

그 결과로 세계를 구한 게 자랑스러웠다. 비록 자신이 원래 있던 세계와는 달라도 그곳에 사는 사람들의 웃음을 지킬 수 있었던 건 참을 수 없을 정도로 기쁜 일이었다.

한여름 동안의 짧은 기간이었지만 이 대모험은 분명 평생의 추억이 될 것이다.

그렇게 생각하고 있었는데——.

"오오, 용사여! 기다리고 있었네!"

"엥?"

이듬해, 코타로는 또다시 이세계로 불려 왔다.

이전에 소환되었던 세계는 아니다. 하지만 원래 자신이 있던 세계와도 명백하게 달랐다.

정령이 하늘을 날아다니는 환상적인 세계에서 코타로는 또다시 세계를 구해 달라는 부탁을 받았다.

"이런 일도 있나……?"

생각도 못 했던 연속 소환에 코타로도 당황했다.

그도 그럴 게 그에게 용사 코타로의 이야기는 이미 끝난 일이었으니까.

작년 여름 끝자락에 '행복하게 잘 살았습니다' 하고 막을 내렸을 터였는데——.

하지만 곤란한 사람들이 있다면 돕지 않을 수 없었다.

눈물을 흘리는 사람들을 보고 가슴 아팠던 코타로는 또다시 세계 구제에 착수했다.

"세계의 일그러짐은 사라졌습니다. 이제 자연도 원래대로 돌아오겠지요."

"만세!"

아름다운 정령들의 도움을 받은 대모험 끝에 흑막을 물리친 코타로.

성취감과 추억을 가슴에 품고 그는 원래 세계로 귀환——했었는데.

"어서 오세요!"

"기다리고 있었습니다."

"자자, 이 중에서 마음에 드시는 장비를 골라 주세요!"

"……으으으으응?"

다음 해에도, 그다음 해에도, 다음다음 해에도 이세계로 소환되자――.

아무리 코타로라도 '어라? 뭔가 이상한데?' 하고 생각하기 시작했다.

보통은 가서 돌아오고 끝이다. 애니메이션이나 만화 주인공도 그렇게 몇 번이고 소환되지는 않는다. 아니 그 이전에 용사로 선택되는 일 자체가 좀처럼 없는 일인데――.

'뭐 이런 일도 있는 법이겠지.'

코타로는 현명한 소년이었다.

어리지만 달관한 부분도 있었다.

이세계는 있다. 그중 몇 곳은 위기에 빠져 있다.

그리고 그걸 어떻게든 해결하기 위해 자신과 같은 존재가 소환되었다.

코타로는 자신에게 일어난 일을 순순히 받아들이기로 했다.

그리고 정했다.

바란다면 그에 응한다고. 부르고 있다면 그에 답한다고.

자신에게 그 힘이 있다면 세계 한둘, 서넛――.

설령 그 숫자가 두 자리, 세 자릿수가 되더라도 할 수 있는 데까지 해 주마.

남을 생각하는 마음과 남들의 배 이상의 행동력을 가진 코타로는 어디까지나 긍정적인 소년이었다.

그랬기 때문인지.

"부탁드립니다. 저희 세계를 구해 주세요!"

갑자기 이런 말을 들어도 그는 그다지 놀라지 않았다.

※

"당신밖에 믿을 사람이 없어요!"

'그렇군. 또인가.'

고등학교 입학 후 첫 여름방학을 맞이한 날.

코타로 앞에 금발 미녀가 나타나자 주변은 온통 유백색 안개로 덮였다.

동시에 땅과 하늘에서도 인기척이 사라졌다. 이곳에 있는 건 코타로와 미녀 단둘뿐이다.

대체 무슨 일이 벌어진 건지. 조금 전까지 자신은 방에서 쉬고 있었을 텐데!

이런 일이 벌어지면 열사병이나 환각이 아닌지 자신의 정신 상태부터 먼저 의심하는 법이다.

하지만, 야사카 코타로는 용사였다!

그것도 평범한 용사가 아니다. 몇 번이나 세계를 구한 베테랑 용사다.

지금 같은 상황은—— 이세계의 여신에게 소환되어 세계의 구제를 부탁받는 상황은 연례행사 같은 일이었다. 그다지 드물지 않다.

"알겠습니다. 마왕을 무찌르는 일인가요? 사신(邪神)을 봉인하는 일인가요?"

"예?! 이해가 너무 빠르시지 않나요?"

"익숙하니까요."

벌떡 일어나서 흰 치아를 빛내며 여유 넘치는 웃음을 보이는 코타로.

역전의 용사인 그는 갑작스러운 소환에 허둥댈 만큼 순진하지 않다.

"일단은 마왕을 무찌르는 일입니다."

"그렇군요."

"'그렇군요' 라니……."

아름다운 여신이 입을 떡 벌리고 마는 것도 어쩔 수 없는 일이었다.

상대는 명색이 마물의 왕이다. 하늘을 가르고 땅을 쪼개며 바다를 증발시키는 무서운 괴물이다. 그런데 눈앞의 소년은 허세 부리는 것 같지도, 그렇다고 현실도피를 하는 것 같지도 않았다.

'혹시 미묘하게 말이 안 통하고 있는 걸까?'

금발의 여신 이리스는 우선 번역 마법에 문제가 있는지를 의심했다.

어쩌면 【마왕】이라는 단어가 【배불뚝이 아저씨】로 번역되었을지도 모른다. 그걸로 회화가 성립하고 있다면 그건 그것대로 엽기적이지만── 이리스는 먼저 그 가능성을 확인했다.

"저기, 마왕이에요? 강하고 무서운, 그리고 불 같은 걸 뿜어 내는…….”

"예, 알고 있어요. 처음엔 여유 부리다가 막상 궁지에 몰리면 체면은 신경도 안 쓰고 괴물로 변신하는 녀석 말이죠?"

"그거예요!"

아무래도 말은 통하는 듯하다. 공통인식도 다르진 않았다.

그렇다면 그는 진심으로 마왕을 무찌르겠다고 말한 건가.

그것도 고블린 잡을 때처럼 가볍게!

'혹시 생각 이상으로 대단한 사람이 와 준 건가……?'

그 생각대로였다.

야사카 코타로, 열여섯. 올해 봄에 막 고등학생이 된 소년이다. 새로 맞춘 하복에는 헤진 부분이 없다. 단정한 얼굴에는 젊음과 자신이 가득 차 있고 탄력 있는 신체에는 근육이 적당히 붙어 있다.

용사답게 허리에 검을 차고 있지만── 그 부분만 빼면 얼핏 봐선 어디에나 있을 법한 소년이다. 하지만 그는 숙련된 전사이자 몇 번이나 세계를 구한 신뢰와 실적의 베테랑 용사였다.

'돌이켜 보면 많은 일이 있었지.'

초등학생 시절엔 전설의 검을 들고 마신과 싸웠다.

중학생 시절엔 능력자들과 격렬한 전투를 펼쳤다.

그리고 고등학생이 된 지금도 이렇게 여신의 소환을 받았다.

이세계로 소환된 케이스만 이번으로 무려 열 번째.

싫어도 익숙해지고 늠름해지기 마련이었다.

"그럼, 자세한 이야기를 들을 수 있을까요?"

"아, 예. 그렇죠. 그럼 마왕군에 대해서…….'

소환한 쪽이면서도 어안이 벙벙해서 멍하니 있던 이리스.

그녀는 겨우 정신을 차리고 한 번 헛기침을 한 뒤 이야기를 시작했다.

"먼저 발단은 300년 전. 평화로웠던 저희 세계에 마왕이 나타났습니다."

고초가 컸는지 이리스는 시종 괴로운 표정으로 이야기했다.

이세계에서 마왕이 쳐들어온 사건에 대해서. 평화롭던 세계가 유린당했고, 싸울 힘을 지니고 있지 않던 여신 이리스는 300년 전에도 용사를 소환했음을. 그리고 그 용사가 훌륭하게 마왕을 무찔러 세계에 평화가 돌아왔다는 이야기를.

"그렇게 생각하고 있었는데 마왕에게 아이가 있다는 사실을 알게 되었고 이번엔 그 마왕의 아이가 마왕을 자칭하며 온 세계를 엉망진창으로 만들고 다녀서……!"

침통한 표정으로 상황을 설명하며 분개하는 이리스.

조만간 위에 구멍이 뚫릴 듯한 여신님은 거칠게 숨을 쉬면서 코타로의 손을 잡았다.

"부탁드립니다, 용사여. 부디, 부디 마왕을……!"

절실한 간청은 매번 있었다. 어지간한 사정이 아니면 일부러 이세계에서 용사를 부르거나 하진 않는다. 그래도 이 정도로 초췌한 건 드물었다. 그렇게 생각하면서 코타로는 힘차게 끄덕였다.

"맡겨주세요."

"아!"

이리스는 눈물이라도 흘릴 기세였다.

여신의 심정은 인간인 코타로도 이해할 수 있는 부분이 있었다.

신에게 있어 세계란 직접 정성껏 정돈한 정원이다. 자기 자신이라 해도 과언이 아닌 소중한 공간. 그곳을 침략한 마왕은 쥐나 바퀴벌레와 마찬가지이다. 게다가 구제(驅除)했다고 생각한 해로운 짐승과 해충이 또다시 나타났으니 평정을 잃는 것도 어쩔 수 없는 일이었다.

"그럼 잘 부탁드리겠습니다."

"예."

완전히 안심했는지 기쁜 얼굴을 한 이리스.

안심해서 그런지 움직임마저 가벼워진 듯 그녀는 경쾌한 동작으로 손바닥을 두 번 쳤다.

그러자 유백색 안개 안쪽에서 작은 그림자가 다가와——.

"처, 처음 뵙겠습니다, 용사님!"

사랑스러운 천사가 나타났다.

금발을 둘로 나눠 묶은 동글동글한 눈의 소녀.

외모만 봐선 코타로보다 훨씬 어리다. 하지만 초등학생으로 빗대기엔 조금 어른스러운 부분도 있었다. 어린아이도 아니지만, 어른도 아니다. '소녀'라는 단어가 딱 들어맞는 천사가 긴장한 표정으로 코타로 앞에 서 있었다.

"이 애는?"

"천사 릴리엘입니다. 어리긴 하지만 인도의 힘을 가지고 있습니다. 틀림없이 당신을 마왕이 있는 곳으로 인도해 주겠지요."

"그건…… 다행이군요."

마왕 퇴치가 익숙하다고는 해도 동료가 있는 건 역시 기쁜 법이다.

무의식중에 온화한 미소를 지은 코타로는 작은 천사에게 손을 내밀었다.

"앞으로 잘 부탁해."

"예, 옙! 저, 저야말로……."

긴장 때문인지 아니면 쑥스러움 때문인지 볼을 붉게 물들인 릴리엘과 악수를 한다.

"그럼 문제가 생긴 세계로 향하는 문을 열도록 하겠습니다. 준비는 되셨나요?"

"예. 부탁합니다."

"이리스 님! 저 힘낼게요!"

"예, 기대하고 있겠어요. ──그럼!"

호령과 함께 여신이 양손을 들자 안개에 구멍이 생겼다.

중심을 향해 소용돌이치는, 천천히 안개를 빨아들이는 황금색 구멍.

이 앞에 사건이 일어난 이세계가 있고 세계를 휩쓸고 있는 마왕이 기다리고 있다.

'자, 가자!'

아직 만난 적 없는 적을 생각하며 코타로는 주먹을 꽉 쥐었다.

힘찬 첫걸음을 내디뎌, 주저 없이 앞을 향해 나아간다.

그리고 그는 동행자인 천사와 함께 구멍 안으로 사라졌고——.

이렇게 용사 코타로의 새로운 모험이 시작되었다.

——그랬어야 하는데.

제1장 용사 타락 편

1

이리스의 정원을 뜻하는 환상세계 아이리스 가든.

한때 낙원으로 칭송받던 세계는 평화와 행복으로 가득 차 있었다.

태양은 따듯하게 지상을 비추고 달은 상냥하게 잠자는 모습을 지켜봤다.

사람들에겐 웃음이 있었고 짐승들은 산과 들을 뛰놀았으며 풍요로운 자연은 많은 은총을 가져왔다.

영원한 안식이 이곳에는 분명히 있었다.

——하지만 그것도 옛날 일이었다.

마왕의 침략을 받아 마물이 풀려난 세계에 지난날의 평온은 없다.

태양은 그늘지고 달은 모습을 감췄으며 어둠 속엔 비명이 울려 퍼진다!

약한 생물은 찢겨 죽고 들꽃은 무참하게 짓밟혔으며 대지는 눈 깜짝할 새에 황폐해졌다!

지금의 아이리스 가든을 보고 대체 누가 낙원에 빗대겠는가.

그렇다, 이곳은 말 그대로 지옥이다.

약육강식의 법이 지배하는 암흑 세계인 것이다!

──코타로는 그렇게 들었는데.

"⋯⋯⋯⋯⋯⋯⋯⋯⋯어라?"

지나온 구멍을 뒤돌아봤다가 다시 정면으로 시선을 돌리는 코타로.

그의 눈앞에는 완만한 언덕이 펼쳐져 있었다. 여름철의 무성한 풀이 바람에 흔들리는 언덕 여기저기엔 경계심 부족해 보이는 양이 풀을 뜯고 있다. 활짝 갠 여름 하늘에는 맹금류처럼 보이는 새가 날개를 크게 펼치고 느긋하게 상공을 선회하고 있었다.

평화로운 광경이었다.

열 명에게 물어보면 열 명 모두 '평화롭다'고 단언할 듯한 목가적인 땅이다.

이미지와는 너무 다른 격차에 힘이 빠질 것만 같았지만──.

넘쳐나는 강한 의문에 코타로는 다시 한번 지나온 길을 되돌아보았다.

"죄송합니다! 기다리셨어요."

공중에 열린 구멍 속에서 불쑥 뛰어내리며 묶은 머리카락을 휘날리는 사랑스러운 소녀.

고리와 날개를 숨기고 여행 복장을 하고 있지만, 그녀가 코타로를 이 세계로 데려온 천사임에는 변함없다.

"자아, 드디어 여행이 시작되네요."

릴리엘은 진지한 표정으로 몸에 힘을 주고 있다.

코타로처럼 당황하고 있지도 않고, "어라? 아잇! 잘못 도착했어요!"라며 허둥대고 있지도 않다. 그렇다는 건 이곳이 그 이세계, 아이리스 가든이 맞다는 소리가 된다.

──이렇게 평화로운데?

사전에 들은 이야기와 눈앞에 있는 현실이 도무지 일치되지 않는다.

무시하기엔 너무나도 큰 차이에 코타로는 참지 못하고 릴리엘에게 물어봤다.

"저기, 릴리엘?"

"릴리라고 불러 주세요, 용사님."

"그럼 릴리……. 저기, 질문이 있는데."

"예! 무슨 일이신가요?"

'윽……!'

바로 의지해 준 것이 기뻤는지 릴리엘은 눈을 반짝거리기 시작했다.

그뿐만이 아니다. 코타로를 올려다보는 그녀는 약간 볼을 붉게 물들이고 어떤 질문이라도 있는 힘껏 답해드리겠다는 자세를 취하고 있었다. 그 표정과 자세에선 길잡이 천사의 긍지가 느껴졌지만──.

그런 그녀에게 행선지가 맞는지 묻는 건 저항감이 있었다.

결국 코타로는 부드러운 말투로 에둘러 물어보기로 했다.

"여기가 아이리스 가든 맞지?"

"예, 그런데요?"

다행하게도 릴리엘은 코타로의 진의를 깨닫지 못한 듯했다.

딱히 의심하는 기색도 없이 이곳이 예정한 목적지라고——.

그건 그것대로 문제가 있다.

"마왕에게 침략당하고 있는 거지?"

"예, 그래요."

"마물이 날뛰고 있는 거지?"

"한탄스럽게도요……"

"……어디가?"

주변을 둘러보고 평화를 재확인한 코타로는 이제서야 커다란 의문을 릴리엘에게 던졌다.

"어딜 봐도 평화로운 방목지로 보이는데……."

마물의 위협 아래 놓이기는커녕 어린애가 낮잠 자고 있을 분위기였다.

마이페이스로 풀을 뜯는 양들을 곁눈질로 보면서 코타로는 티가 날 정도로 당황한 표정을 짓고 있었다.

"방심하셔서는 안 돼요, 용사님."

그런 코타로에게 엄한 표정을 지으며 천천히 고개를 내젓는다.

"보기엔 평화로워 보이지만 그런 경치 속에 마물의 위협이 숨어 있는 법이에요."

부모가 자식을 타이르듯이. 무지몽매한 바보의 눈을 뜨게 하듯이.

길잡이 천사가 용사에게 살며시 이야기했다.

그러자 그렇게 평온하게 느껴지던 분위기가 갑자기 긴장감을 띠기 시작하고——.

'——설마!'

틀린 건 자신이란 말인가.

이 세계는 정말 여신이 공포에 떨 정도로 무서운 지옥이고——.

그걸 나만 깨닫지 못하고 있었다고?

어중간하게 경험을 쌓으며 마음속에 자만심이 생겨나 있었다.

이곳이 처음 와 보는 이세계란 사실을 완전히 잊고 있었다.

그 사실을 깨닫고 뒤돌아본 찰나의 순간. 그 순간은 치명적인 허점이 되었다.

"앗! 용사님!"

릴리엘이 외쳤지만 이미 늦었다.

기척 없는 습격자는 이미 사지를 크게 펼쳐 코타로의 시야를 뒤덮고 있었다.

순간적으로 허리에 차고 있던 검을 향해 손을 뻗었지만——.

이미 모든 게 늦어서——.

철퍽.

그리고 바로.

끈적끈적한 소리를 내며 슬라임 한 마리가 코타로의 얼굴에 들러붙었다.

멀뚱히 선 코타로의 얼굴에 투명한 점액이 뒤덮였다. 케이크를 얼굴에 내던진 것처럼.

목가적인 주위 광경도 한몫 거들어서 초현실적인 분위기를 자아냈다.

"안 돼애애애애!"

릴리엘은 소란을 피우고 있었지만 코타로는 태연자약했다.

정말로 별일 아니었다. 기척을 감지하지 못한 것도 당연했다.

산성으로 육체를 녹이지도 맹독을 스며들게 하지도 않는다. 무한하게 증식하지도 않고 사람 몸을 빼앗지도 않는다. 그냥 얼굴에 들러붙어서 질식을 유발하는 슬라임 따위는 잔챙이나 마찬가지였다.

단지 지금 자신의 모습을 떠올리자니 해소할 수 없는 허무함이 느껴져서——.

코타로는 말없이 슬라임을 잡아떼고는 하늘로 집어 던졌다.

"아앗."

그리고 검을 뽑아서 한순간에 벤다.

그 유려한 움직임은 허둥대고 있던 릴리엘도 무의식중에 넋을 잃고 볼 정도였지만—— 이 긴장감 없는 시작에 코타로는 미묘하게 침울한 표정을 짓고 있었다.

2

"저게 강한 마물이었어?"

충격적인 사실이었다.

"네. 창검이 통하지 않는 마물……이었습니다만."

의아한 표정으로 릴리엘은 고개를 몇 번이고 갸웃거렸다.

그녀의 상식으로는 슬라임은 불로 태우거나 마법으로 대미지를 주거나 하는, 특별한 수단이 아니면 쓰러트릴 수 없는 부류의 마물이었다. 그걸 검으로 쓰러트리다니 이것이 용사의 힘인가. 감탄한 듯 석연치 않은 듯 이상한 기분을 맛보고 있는 릴리엘.

"……평범한 슬라임이?"

한편 코타로는 엄청난 위화감을 느끼고 있었다.

지금까지 슬라임이 큰 위협이 되던 세계가 있었던가?

날씨를 자유롭게 다루는 사악한 정령. 대열을 갖추고 육박해 오는 기계 병사. 물리법칙을 거스르는 마신의 권속에, 산처럼 거대한 암흑룡. '강한 마물'이란 이러한 상대를 말하는 거지 결코 단칼에 쓰러트릴 수 있는 마물이 아니었다.

적어도 코타로의 경험으로는 그랬다.

지금까지 만나 온 이세계 사람들도 아마 같은 감각이었을 터.

──혹시.

생각하던 코타로의 머릿속에 한 가지 불안이 떠올랐다.

그는 그 불안을 떨치듯이 어떻게든 현실을 부정하려고 했다.

"이 세계에서는 슬라임이 위협적이야?"

"그, 그렇네요."

"저런 게 이 세계의 마물이구나?"

"말씀하신 대로입니다만……."

"그 뭐라고 할까, '해일처럼 밀려오는 마수!' 라든가, '하늘을 뒤덮은 드래곤!' 이라든가, '대지를 불태우는 미사일의 비!' 같은 게 아니라?"

"뭔가요, 그 지옥도는?!"

생각하기에도 두려운 이야기를 듣고 몸을 움츠리는 릴리엘. 하지만 그 지옥을 몇 번이나 체험해 온 코타로는 이곳도 비슷한 곳이라고 생각하고 있었다. 외부의 인간에게 도움을 청할 수밖에 없을 정도로 끝장난 세계라고.

하지만 현실은 상상한 것과는 많이 다른 평온한 세계였고──.

'혹시, 설마…….'

결의를 굳힌 용사의 입장에선 생각하기도 싫었지만.

어쩌면, 이곳은──.

《딱히 용사가 필요 없겠는데?》

코타로의 심경을 대변하듯이 어디선가 목소리가 울려 퍼졌다.

"예?"

대체 어디서 들려온 목소리인지. 전망 좋은 언덕엔 숨을 만한 장소도 없고 멀리 떨어진 곳에도 인기척은 없다. 마물의 환술로 착각한 릴리엘이 당황해서 주변을 경계하고 있지만 그러한 기색은 조금도 느껴지지 않는다.

당연했다. 그녀는 처음부터 쭉 두 사람의 곁에 있었으니까.

"슬라임이 강하다니……."

"아앗?!"

코타로의 검에서 한 명의 소녀가 쿡쿡 웃으며 나타났다.

검이 띠고 있던 보라색 빛. 그 빛이 연기처럼 피어올라 소녀의 모습으로 변한 것이다.

"이 상황으로 봐선 마왕도 별 볼 일 없는 거 아냐?"

길고 윤기 나는 흑발에 보라색과 검은색을 바탕으로 한 드레스. 그 드레스를 살짝 흔들며 코타로 곁에서 우스워하는 소녀. 램프의 요정이 연상되는 그녀가 방금 불쑥 말을 꺼낸 인물이었다.

"그런 말 하지 마."

"너도 그렇게 생각하고 있으면서."

갑자기 나타난 소녀를 보고 코타로는 놀라지도 않았다.

오히려 소녀의 말투를 타이르는 등 거리낌 없는 태도였다.

틀림없이 오래 알고 지낸 사이겠지. 허물없는 관계라는 건 한눈에 알 수 있다. 연인이라기보다는 마치 남매나 가족 같은 둘의 모습을 보고 릴리엘은 강한 유대를 느꼈다.

"용사님, 그쪽 분은."

말하면서 릴리엘은 어렴풋이 깨닫고 있었다.

용사의 검에 깃든 검의 화신. 환상적이기까지 한 아름다움. 풍기는 기품과 이 세상 사람이 아닌 듯한 기척.

틀림없다. 그녀는, 그녀야말로──!

"응, 이 녀석은 마……."

"수호천사님이시군요?!"

"……으응?"

코타로의 말을 자르고 릴리엘이 흥분한 듯 목소리를 높였다.

"우와아, 감격했어요! 이런 곳에서 수호천사님과 만나게 되다니!"

감격에 겨웠다는 표현 그대로의 모습. 기쁨 가득한 얼굴로 팔짝팔짝 뛰기 시작한 릴리엘은 그래도 흥분이 가시지 않는지 지금이라도 달려나갈 기세였다.

"그것도 용사님의 수호천사! 좋겠다아, 존경해요……."

"아니, 저기."

"맞아! 사인해 주세요! 앗, 여기에, '릴리엘에게'라고 써 주세요!"

코타로의 말도 이젠 귀에 들어오지 않는다. 가방에서 잉크와 깃털 펜을 꺼낸 릴리엘은 눈을 깜빡거리는 소녀에게 돌격하여 떠넘기듯 수첩을 내밀었다.

"엑, 셀, 리, 아…… 엑셀리아 님!"

"으, 응."

"아주 예쁜 성함이세요!"

사인을 가슴에 안은 릴리엘은 승천할 듯한 기분이었다.

대조적으로 코타로와 엑셀리아 두 사람은 멍하니 입을 벌리고 있었지만——그것도 어쩔 수 없었다.

젊은 천사에게 사람들을 지켜보고 인도하는 수호천사는 선망의 직책이었다. 특히 위인, 성인을 수호하는 천사는, 천사 중의 천사로서 존경받고 있었다. 그런 카리스마 천사와 신입 천사가 딱 마주쳤으니 결과는 불 보듯 뻔했다.

애초에 엑셀리아가 수호천사라는 건 완전히 오해였지만——.

"아니, 이 녀석은."

"아아, 생각지도 못한 곳에서 가보가 생겼어요……!"

"……으음."

릴리엘은 지금 정상적인 대화가 가능한 상태가 아니었다.

그리고 또, 수호천사가 아니라고만은 할 수 없었다.

엑셀리아는 태생에 복잡한 사연이 있는 소녀이긴 했지만 이제까지 10년 동안이나 계속 코타로의 곁에서 그를 도왔다. 그녀가 있었기에, 그리고 그녀가 깃든 검이 있었기에 쓰러트릴 수 있었던 적도 많다.

나태하고 짓궂은 면도 있지만 공헌한 부분만 보자면 훌륭한 수호천사라고 할 수 있지 않을까. 그렇게 생각한 코타로는 일단 릴리엘을 내버려 두고 때를 봐서 진실을 밝히기로 했다.

"자아, 출발하시죠! 모험이 저희를 기다리고 있어요!"

여전히 흥분이 가시지 않은 모습으로 앞장서서 길을 안내하는 릴리엘.

근처에 보이는 도로로 나가서 어딘가의 마을이나 도시로 코타로 일행을 인도하려는 거겠지.

길잡이 천사는 작은 몸에 의욕을 불태우면서 타박타박 걷기 시작했다.

"귀엽네."

그 뒤를 코타로가 따라 걷고 그 배후에서 엑셀리아가 두둥실 뜬 채로 뒤를 이었다.

"하필이면 나를 수호천사라고 하다니……. 후훗, 진실을 알게 되면 저 애 무슨 표정을 지으려나."

"괴롭히지 마라."

코타로의 엄한 시선을 가볍게 넘기며 눈에 유쾌한 기색을 띠는 엑셀리아.

검에 깃들어 용사와 함께 수많은 세계를 구해 왔던 그녀지만 그 근본이 완전히 선하다고만은 할 수 없었다. 가학적으로 웃는 그녀의 얼굴은 천사라기보단 오히려 악마에 가까운 부분이 있었고——.

"그나저나 정말로 평화롭네. 네가 여기 있을 의미 있어?"

"윽……!"

엑셀리아는 코타로의 어깨에 기대며 정곡을 찔렀다.

그래. 그건 코타로도 생각하고 있었다. 지옥이라고 하던 곳이 설마 이 정도로 평화로운 세계였다니. 용사의 존재의의마저 사라질 듯한 평화로움은 이제껏 경험해 보지 못한 것이었다.

"'맡겨 주세요'. 맡겨 달라니. 이 베테랑 용사님에게 맡겨 달라고? 이런 꼬맹이도 구할 수 있을 만한 세계를?"

"으윽……!"

엑셀리아는 코타로의 목소리를 따라 하면서 히죽히죽 심술궂은 웃음을 짓는다.

기본적으론 매사에 시큰둥하지만 코타로를 놀릴 때만은 생기가 넘치는 게 엑셀리아라는 소녀다. 거리낌 없이 코타로의 볼을 손가락으로 찌르면서 재밌다는 듯이 반응을 살피는 엑셀리아.

"그냥 내버려 둬도 되지 않아? 어차피 마왕도 별거 없을 거야. 덥고 불편해 보이는데 원래 세계로 돌아가자."

거기에 더해 타락시키려고 하는 악마에게 용사는———.

"아니, 구할 거야. 받아들였으면 끝까지 전력을 다해야지!"

"흐응?"

기세를 올리는 코타로를 흥미진진하게 바라보는 엑셀리아.

코타로는 계속해서 자신의 마음가짐을 이야기했다.

"이곳엔 도움을 바라는 사람이 있고 나에겐 용사의 힘이 있어. 그게 전부야. 적의 강함과 약함은 중요하지 않아. 그리고……."

"그리고?"

"마지막까지 포기하지 않아서 너를 구할 수 있었잖아……. 그렇지?"

"……."

엑셀리아는 대답하지 않았다. 허를 찔린 그녀는 잠깐 굳더니,

"뭐, 하고 싶은 대로 해."

라는 말만을 남기고 검 속으로 돌아갔다.

그때 그녀의 귀는 조금 빨개져 있었지만,

"……좋아, 가 볼까."

다행히 코타로는 깨닫지 못한 모양이었다.

그렇게 용사 코타로의 모험은 진정한 의미로 막을 열었다.

수많은 사선을 넘어 온 코타로에게 이 세계는 휴양지나 마찬가지였다.

긴장감을 유지하기엔 맥이 빠져서 의욕이 생기지 않는 평화로운 세계.

하지만 용사의 긍지와 정의감으로 그는 의욕의 불꽃을 불태웠다!

──불태웠다.

불태웠는데.

아이리스 가든의 미적지근함, 그리고 부족한 위기감은 장난이 아니었다.

3

세계가 넓다 하더라도 프랑세즈에 비견될만한 나라는 없다.

최첨단의 교육. 화려한 문화. 마물을 물리치는 군사력과 국토에 새겨진 긴 역사. 동서남북 모든 나라에 그 위광을 비추어라.

오오, 멋진 우리의 조국. 프랑세즈에 영광 있으리!

이런 노래를 맨정신으로 만들고 뻔뻔스럽게 국가로 삼은 게 프랑세즈라는 나라이다.

애국심 고취를 위해 일부러 대담한 노래를 선택하는 건 나라가 흔히 하는 짓이지만 그렇다 해도 과장이 너무 심한 게 아닐까. 그렇게 깔보는 사람일수록 그 나라를 방문했을 때 그 풍요로움을 알고 놀라는 법이다.

오오, 멋진 우리의 조국. 프랑세즈에 영광 있으리!

──잠깐만.

──마왕이 휩쓸고 다닌다는 이야긴 어디 갔냐?

언덕 지대에서 걷기 시작하여 약 한 시간.

도로를 따라 도착한 곳은 프랑세즈의 왕도 아발론이었다.

옛적부터 교통의 요충지로서 번영해온 교역 도시. 지금도 증축을 되풀이해 눈사람처럼 부풀어 오른 거대한 도시는 이래도 다 못 들어간다는 듯 수많은 사람으로 북적거리고 있었다.

──아냐, 아냐, 신경 쓰면 지는 거다.

──그 길은 아까 지나간 길이야.

그 도시의 활기참을 느낄 때마다 코타로의 마음속에는 태클 걸고 싶은 마음에 무럭무럭 피어오르고 있었다. 하지만 조금 전에 거기에 대해서는 신경 쓰지 않기로 했었다. 세세한 것에 언제까지고 구애되어 봤자 부질없다. 아발론의 정문 옆에서 코타로는 고개를 젓고 기분을 새로이 했다.

"그래서 앞으로의 예정은?"

이 도시에 들리기로 정한 건 릴리엘이었다. 인도의 힘을 가진 그녀였다. 코타로에겐 보이지 않는 길이 보이겠지.

"정보 수집을 해 볼까 해서요."

생각처럼 보이진 않는 모양이었다.

"어라? 너 길잡이 천사 아니었니?"

"죄송합니다. 저 아직 이 힘을 자유롭게 쓰질 못해서…… 정확도를 올리려면 현지에서 하는 정보 수집이 빠질 수 없었어요."

"참 계획성 없네."

"죄송합니다! 죄송합니다!"

불쑥 검에서 나타나더니 귀찮아하며 한숨을 쉬는 엑셀리아.

사기 광고……라고 할 정도는 아니지만, 결점이 밝혀지자 꾸벅꾸벅 고개를 숙이는 릴리엘.

"뭐, 내비게이터가 있다는 것 자체가 다행이야. 나랑 엑셀리아 둘 뿐이었다면 아까 그 언덕에서부터 어디로 향해야 했을지 몰랐을 테니."

"용사님……."

상냥한 말을 들은 릴리엘은 감격에 겨워했지만 코타로는 의식적으로 달랠 생각은 아니었다. 실제로 안내역 없이 이 세계에 내팽개쳐졌다면 지금쯤 망연자실하게 있었을 터였다. 스스로 움직이지 않으면 아무 일도 일어나지 않고 그대로 하루가 끝나버릴 것 같은 이 아이리스 가든에서는——.

"그럼, 정보를 모아 볼까. 사람들에게 물어보면 되려나?"

"아, 아니에요, 아니에요! 그건 제 일이에요! 여러분을 모시고 돌아다닐 수는 없어요!"

"아니, 릴리에게만 맡길 수는."

"저는 전투에서는 도움이 되지 못하니까 이 정도는!"

배려와 사양이 맞부딪혀서 기묘한 균형이 생겨났다.

도로 밖이라곤 하지만 "아니야, 아니야.", "아니에요, 아니에요." 하고 반복하는 둘의 모습은 자연스럽게 시선을 모았다. 보다 못한 엑셀리아가,

"적재적소라는 거지."

어이없어하는 표정으로 나직이 한마디하자,

"그래요!"

릴리엘은 가슴 앞에서 손바닥을 마주치며 그거라는 듯 말했다.

"여러분은 이 세계에 막 오신 참이세요. 오늘은 느긋하게 지내시면서 이 세계, 이 나라에 적응해 주시는 편이 좋지 않을까 해요."

"……그것도 그런가."

이번엔 코타로가 퍼뜩 놀랄 차례였다.

뭔가 하자, 뭔가 해야만 한다는 생각에만 빠져서 이곳이 익숙하지 않은 이세계라는 것을 잊고 있었다. 먼저 아이리스 가든이라는 세계에 적응해야만 한다. 그건 어느 세계에서도 마찬가지, 소환된 사람이 가져야 할 기본자세였다.

"그럼, 저는 가 보겠습니다. 해 질 녘에 저 여관에서 뵙도록 해요."

"응, 알았어. 부탁해. 릴리."

"예!"

맡겨달라고 웃음으로 대답하며 릴리엘은 군중 속으로 달려 들어갔다.

그 익숙한 발걸음, 안정된 움직임에 약간 남아 있던 걱정도 지운 코타로는 새삼 아발론의 거리를 향해 시선을 보냈다.

"비켜라, 비켜! 길을 비켜라!"
"싸다 싸! 포장도 됩니다!"
"자자. 거기 오빠, 들렀다 가! 오늘 숙소는 여기로!"

돌로 포장된 거리를 각양각색의 사람들이 오가고 있다.

위세 좋게 목소리를 높이며 도매상을 향해 짐 마차를 모는 사람. 식당 입구에서 손뼉을 치며 배고픈 여행자들을 호객하는 사람. 풍채 좋은 아주머니는 여관 여주인이 분명하겠지. 북적임 속에서도 잘 들리는 그 목소리는 친근감과 안심을 느끼게 한다.

아발론 문 앞 광장, 어디로 시선을 돌려도 비슷비슷한 광경이 펼쳐진다. 어둡고 기운 없는 얼굴을 한 사람은 아무도 없다. 마치 축제의 소란처럼 모두가 거리의 쾌활한 분위기를 만들어 내고 있다. 그 평화로움에 코타로는 눈을 가늘게 떴다.

"이런 건 보통 엔딩 후의 광경 아닌가?"
"마침내 태클 걸었네."

한마디는 하고 싶었다. 아니 할 수밖에 없었다.

너무 평화롭다고. 용사 필요한 거 맞냐고.

"미, 미안. 나도 모르게 그만!"
"용사도 고생이네……."

어떤 의미론 익숙한 경치, 구원받은 후의 세계와 같은 광경을 보고 그만 무심결에 코타로의 입에서 진심이 새어 나오고 말았다. 그걸 귀도 밝게 주워들은 엑셀리아는 눈을 가늘게 뜨고 어깨를 으쓱이며 말했다.

"뭐, 거기까지 긴장 안 해도 괜찮지 않을까? 여행 왔다고 생각하면."

"으음, 그래도 말이지."

"……넌 쉬어야 할 때와 아닐 때를 너무 구분 못 해."

"크헉……!"

용사 코타로를 향해 용서 없는 말이 찌르고 들어 왔다.

그 대미지는 아까 슬라임에게 받은 것과는 비교도 안 된다. 파트너이기에 취할 수 있는 거리낌 없는 태도로 정곡을 찌르는 엑셀리아였다.

다만 그런 그녀도 가끔은 코타로를 배려하기도 한다.

"용사에게도 휴식은 필요하잖아? 이제껏 바보처럼 성실하게 일했으니까. 쉴 수 있을 때는 쉬고 즐길 수 있을 때는 즐기는 게어때?"

"……그래."

그걸 알고 있는 코타로는 파트너의 조언을 고분고분하게 받아들이기로 했다.

확실히 최근에는 싸움의 연속이었다. 지하 제국 본부를 폭파하거나 세계 조정 기관이라는 비밀결사에게 쫓기거나 마법소녀가 사역마 계약을 강요하는 등 난리가 아니었다. 해 질 녘까지의 반나절 동안이지만 이쯤에서 오래간만에 쉬는 것도 나쁜지 않다.

그렇게 생각한 코타로는 빙긋 웃었다.

"좋아! 그럼, 느긋하게 보내 볼까!"

"맞아, 맞아, 그 자세야. 그럼 뭐부터 할래?"

"그렇지⋯⋯⋯⋯⋯⋯⋯⋯⋯⋯⋯⋯⋯⋯."

"⋯⋯저기, 코타로?"

"⋯⋯⋯⋯⋯⋯⋯⋯안 떠올라."

"어?"

"아, 아니, 잠깐만. 아니, 그게⋯⋯ 떠오르지 않아⋯⋯?!"

"뭐어?"

기세 좋게 말하나 싶더니 곧바로 생각에 잠겨서 바들바들 몸을 떨기 시작했다. "그럴 리가, 뭔가 있겠지."라고 중얼거리는 그 모습에서 평소의 여유는 느껴지지 않는다.

"너, 설마⋯⋯."

오랜 인연이다. 엑셀리아는 바로 무언가를 떠올렸다.

설마 그럴 리는 없겠지── 아니, 그것밖에 떠오르는 게 없다.

요컨대 코타로는⋯⋯.

"쉴 때 시간 보내는 법도 몰라?"

정곡이었다. 어깨를 축 늘어트리고 고개를 끄덕이는 코타로.

"이런 적은 처음이니까 뭘 하면 좋을지 짐작도 안 가⋯⋯."

마치 취미도 없이 정년을 맞이한 샐러리맨 같았다.

이만큼이나 화려한 도시를 앞에 두고 그런 소릴 하는 것도 재능이었다.

　──다만 어쩔 수 없는 일이기도 했다.

　방학이 되면 이세계로 불려가고 일상생활 중에는 비현실적인 사건에 말려든다. 거기에 대비하기 위해 남는 시간은 단련하는 데 썼다. 슈퍼 용사 체질이라고도 할 수 있는 코타로의 생활에 여유는 없었다.

　그런 소년에게 자유 시간을 툭 던져 봐야 어떻게 해야 할지 모르는 게 당연했다. 도움을 바라는 목소리를 무시했다면 어쩌면 다른 인생을 걸었을까──? 무자비한 대응을 할 수 있었더라면 지금 이곳에 서 있지 않았을 것이다.

　"너 정말 변변찮은 청춘 보내고 있구나……."

　"윽!"

　365일 사람을 구하는 생활. 듣기엔 좋지만 그야말로 암흑의 청춘 시대다.

　그 엑셀리아도 지금만큼은 동정하고 말았다.

　"뭐, 지금까지 못 한 것까지 다 합쳐서 더 즐긴다고 생각하면……."

　"그, 그렇지! 아직 세이프지?"

　굳이 따져서 말하자면 아웃이었다.

　한창때 소년이 노는 법을 모르겠다니 대체 무슨 소릴 하는 건가. 코타로의 외골수 같은 점은 싫어하진 않지만 조금은 융통성이 있는 성격으로 자랐으면 좋았을 거라고 생각하는 엑셀리아였다.

"근데 진짜 모르겠네. 이럴 때 다들 어떻게 해? 검 휘두르는 연습이라도 하나?"

"……거기까지."

이렇게 번화한 곳을 앞에 두고 나온 말이 그거냐.

이곳의 누가 어디서 검을 휘두른단 말인지. 군인이나 모험가 라면 몰라도 다들 여행자나 마을 사람이다. 실력이 있는 사람이 있을지도 모르지만 이런 길거리 한복판에서 칼을 뽑아 휘두르 면 현행범으로 바로 체포될 것이다.

그걸 모를 코타로는—— 설마 진짜로 모르나?

생각해 보니 이제까지 방문했던 세계에서 그가 상식을 배울 기회가 있었던가.

《용사여, 여비가 부족하면 아무 집이나 들어가서 서랍을 뒤지 세요.》

《어, 하지만 그건 나쁜 짓인데…….》

《괜찮습니다. 지금은 나라의 위기. 마왕에게 대항하기 위한 임시 징수 같은 겁니다.》

《임 시 징 수!》

《눈에 잘 띄지 않는 곳에 있는 서랍이 좋습니다. 사양 말고 털 어 가세요.》

"네, 알았어요!"

세 번째 모험부터가 이랬다.

그 여왕님, 잘도 초등학생에게 빈집털이를 권했다.

《용사여, 명심하시게. 공격이야말로 최대의 방어라는 것을.》

《그게 무슨 말인가요?》

《신속하게 적을 무력화하면 피해가 생기지 않는다는 말일세.》

《논리적이네요!》

《선제공격을 명심하시게. 적의 말은 들을 필요가 없네. **만나 자마자 최대 화력을 때려 박아서 다짜고짜 결판을 내는 걸세.**》

《예, 알겠습니다!》

다섯 번째 이세계도 지독했다.

명색이 신이면서 용사에게 기습을 가르치다니 당치도 않은 이 야기다.

정정당당이라든가 정도 같은 말은 먼 옛날에 잊고 말았을까.

《무르군. 네놈은 무르다, 야사카 코타로.》

《뭐라고?!》

《첫 만남부터 묘하게 친절한 누나는…… 적인 게 당연하잖 아!》

《그, 그럴 수가……?!》

《그 녀석을 믿은 자신의 미숙함을 부끄러워해라.》

《젠장, 젠자아아아앙!》

코타로가 중학생이 된 뒤로도 비상식적인 스승이 끊이질 않았 다.

그중에서도 특히, 이상하게 삐딱하던 초능력자 집단은 묘하 게 비뚤어진 시점에서 세상을 보고 있었다고 생각한다. 그들에 게 코타로가 감화되지 않도록 엑셀리아도 고생했었다.

──어쩔 수 없네. 이번엔 내가 앞장설까.

울적하게 한숨을 쉰 엑셀리아는 휴일을 보내는 법도 모르는 용사님의 팔을 잡고 큰길을 향해 나아간다.

"어디 가는 거야?"

"일단은 뭔가 맛있는 거라도 먹자. 배고파."

돈은 사전에 릴리엘에게 받았었다.

그녀는 마음대로 쓰라고 했었다. 식사 후에 연극을 보는 것도 나쁘지 않다. 노점에서 단 걸 사 먹으며 걷는 것도 좋다. 착실한 코타로는 무계획한 돈 낭비를 싫어하겠지만── 뭐, 휴일이란 건 그런 법이다.

"가게는 코타로가 정해."

"예이, 예이."

응석 많은 공주님에게 휘둘리면서.

하지만 실제로는 그녀에게 안내받으면서.

용사님은 쓴웃음을 지으며 괜찮아 보이는 가게를 찾기 시작했다.

4

'조금 늦을지도 모르겠어.'

한 소녀가 판초처럼 생긴 망토를 휘날리며 해 질 녘의 거리를 달려간다.

정보를 모으는데 생각보다 시간이 걸렸다. 정신이 들자 벌써 해 질 녘, 모이기로 한 시간이었다.

하지만 릴리엘의 얼굴에 근심은 없다. 다음 목표는 확실하게 머릿속에 떠올라 있었다.

정보의 입력이 필요하다거나 가장 가까운 코스밖에 모른다거나 하는 미숙하고 불완전한 힘이지만—— 확실하게 결과를 낼 수 있다. 그 사실이 기뻐서 그녀는 후후후하고 작게 소리를 내며 웃었다.

'그나저나 엄청난 일이 되어 버렸어.'

아직 어릴 적에 어머니에게 몇 번이고 들려달라고 떼쓴 영웅담.

소환된 용사가 아름다운 천사의 인도를 받아서 마침내 마왕을 물리치는 이야기.

중요한 장면은 지금도 말할 수 있을 정도로 릴리엘은 그 이야기를 좋아했다.

왜냐하면 그 이야기는 아이리스 가든에서 실제로 일어난 일인데다가——.

이야기에 등장하는 천사란 사랑하는 어머니였기 때문이다!

어머니는 너그럽고 총명한 천사였다. 아이를 낳아서 힘을 잃고 말았지만 그런데도 많은 천사에게 존경받는 좋은 선배였다. 그런 어머니에게 이어받은 힘으로, 어머니처럼 용사를 인도하고 있다. 마왕의 재림을 기뻐하는 건 아니지만 마치 자신이 이야기의 등장인물과 겹쳐지는 것만 같아서 릴리엘은 남몰래 설레었다.

'용사님이 계시고 수호천사님도 계시고 마왕이 있고…… 그리고 내가 있어.'

슬라임을 일도양단하는 용사나 아름다운 수호천사, 거기에 강대한 마왕에 비하면 자신은 부족한 느낌이 들지만── 선대 길잡이 천사였던 어머니도 비슷한 나이 때 훌륭하게 사명을 다했다.

　그 피와 힘을 잇는 자신도 할 수 있다.

　"좋아, 힘내자!"

　릴리엘은 가라앉아 가던 마음에 불을 붙이며 힘차게 큰길을 달려갔다.

　낮과는 다르게 문 앞 광장엔 사람이 듬성듬성 있었다.

　곧 밤의 장막이 내린다. 그와 동시에 아발론 각지의 문도 닫힌다.

　이제 와서 도시 밖으로 나가는 사람은 없고 밖에서 들어오는 사람도 적다. 반면에 번화가나 식당, 여관은 대단히 붐벼서 만나기로 한 장소에 도착한 릴리엘은 두세 걸음 걷는 것만으로도 고생이었다.

　"으읍."

　"어이쿠, 미안하구먼."

　"읍──?!"

　"어머, 장난꾸러기네."

　만날 장소로 지정한 여관.

　그 식당 안에서 아저씨의 술배에 튕겨 나가거나 언니의 풍만한 가슴 사이에 끼거나 하며 인파에 시달리는 릴리엘. 머지않아

키도 크겠지만 지금만은 선불로 받고 싶다고 생각하며 작은 천사는 코타로 일행의 모습을 찾는다.

"여기 계실 텐데요……. 앗!"

창문에서 들어오는 석양과 희미한 램프의 빛으로 밝혀진 홀의 구석에서.

용감하게 생긴 소년과 드레스 차림의 미소녀가 마주 앉아 조용히 대화하고 있었다.

몇 번을 봐도 잘 어울리는 두 사람이다. 그저 차를 마시고 있는 것만으로도, 그저 상대의 말을 듣고 미소 짓는 것만으로도 마치 그림 같은 분위기가 났다. 그렇게 생각하고 있는 건 릴리엘 뿐만이 아닌지 그녀의 주변에는 하아 하고 감탄의 한숨이 새어 나오고 있었다.

──안 되지 안 돼!

그렇지 않아도 늦고 말았다. 넋을 잃고 볼 때가 아니고 이 이상 기다리게 하면 죄송스럽다. 정신을 차린 릴리엘은 타박타박 발소리를 내며 코타로 일행이 있는 곳으로 다가갔다.

"기다리게 해서 죄송합……."

"아, 릴리. 수고했어."

안내자면서 용사님을 반나절이나 내버려 두고 말았다.

코타로는 그런 릴리엘에게도 온화한 표정을 무너뜨리지 않는다. 그뿐만이 아니라 상냥하게 노고를 치하한다. 코타로의 맞은편에 있는 엑셀리아도 그랬다. 딱히 신경 쓰는 듯한 기색도 없이 아무렇지도 않은 표정으로 보고를 기다리고 있다. 조금 맹

목적인 관점이긴 하지만 릴리엘은 그렇게 생각하곤 또 감격에 겨웠다.

"그래서 결과는 어때? 다음에 할 일은 알았어?"

"앗, 예! 빈틈없어요!"

"역시 길잡이 천사님. 의지가 되네."

"헤헤헤."

어린아이를 대하는 듯한—아니, 실제로 릴리엘은 열두 살 안 팎이지만— 태도가 신경 쓰였지만, 그보다도 칭찬받은 기쁨이 더 컸다. 머뭇머뭇하던 릴리엘은 수줍어하면서도 바로 결과를 전하려 했지만,

"하지만 우리도 신경 쓰이는 정보를 찾았어. 이건 간과할 수 없다고 생각해."

"——옛?!"

생각지도 못한 말에 깜짝 놀라 몸을 떨었다.

——설마. 아니 설마!

이 단시간에, 그것도 차원의 벽을 사이에 둔 이국의 땅에서 자력으로 단서를 찾았단 말인가! 릴리엘만 해도 시간이 오래 걸렸는데 이렇게 여유만만하게!

"릴리의 의견도 듣고 싶어. 이거 네가 보기에 어때?"

"보, 볼게요……!"

묘하게 담담한 태도로 종이 다발을 내미는 코타로.

그걸 떨리는 손으로 받고 릴리엘은 꿀꺽 침을 삼켰다.

——두꺼워. 거기에 무거워.

정보량만을 본다면 릴리엘의 완벽한 패배였다. 아직 내용을 보지는 않았지만 용사가 쓸데없는 정보를 중시할 리가 없다. 그렇다면 이것은 미래를 계시한 신탁이다. 정확도 또한 아마 릴리엘의 정보보다 높겠지.

얕보고 있었을지도 모른다. 소녀가 그리고 있던 이상형. 그마저도 능가하는 게 용사일지도 모른다. 그런 존재에게 '힘내는' 정도로 같은 위치에 설 수 있을 것이라 생각한 건가. 자신의 어리석음에 울음이 날 뻔하며 릴리엘은 살짝 페이지를 넘겼다.

「온천 특집! 프랑세즈 남부를 돌아다니는 여행!」

"……………………어랏?!"

페이지 위에서 춤추고 있는 컬러풀한 단어에 얼빠진 목소리를 내고 말았다.

「가족과 함께 여름 바캉스!」

「옛 도읍을 방문하자!」

「한여름의 해산물 축제! 여름에는 고민하지 말고 바다로 가자!」

넘기고 넘겨 봐도 나오는 건 관광지 전단뿐이다.

어딜 봐도 마왕의 마도 없다.

"이거 여행 잡지예요?!"

마지막 페이지까지 마저 넘기고 간신히 그 결론에 도달한 릴리엘. 그런 그녀에게 코타로는 지극히 진지한 얼굴로 말했다.

"온천에 가 보고 싶기도 한데 해산물 축제도 포기하기 힘들어……. 어느 쪽이 낫다고 생각해?"

"용사님, 어떻게 되신 거예요?!"

겉보기엔 똑같지만 마치 다른 사람이 되어 버린 것만 같았다.

이 반나절 동안에 대체 무슨 일이 있었단 말인가.

릴리엘은 매달리는 듯한 간절한 시선을 엑셀리아에게 향했다.

그러자 조금 전까지 잠자코 있던 그녀는 무겁게 입을 열고는,

"지금까지 해 왔던 일의 반동이야."

하고 어이없다는 표정으로 짧게 말을 내뱉었다.

5

──릴리엘이 이변을 깨닫기 몇 시간 전.

번화가로 이동한 코타로는 신기하다는 표정으로 주변을 둘러봤다.

"대단한데. 눈이 핑핑 돌아!"

문 앞 광장은 마치 현관 같은 모습이었다. 사람과 물건이 끊임없이 움직이도록 하는 기능을 중시해, 공간적으로 여유 있게 설계되어 있었다. 그에 반해 번화가는 그 이름 그대로 호화롭고도 현란……이라기보다 혼란스러웠다.

"포션 염가 판매! 포션 염가 판매! 한정 특가 대 방출!"

"순번표를 가지고 계신 손님~ 개장 준비가 끝났습니다~."

"오, 형씨. 이 검! 이 검의 예리함을 봐 줘!"

길 폭이 좁다. 골목이 많다. 거리에 인접한 모든 건물이 제각각 뭔가를 파는 가게였다.

점원은 큰 목소리를 내며 손님을 부르고 흥미를 느낀 사람이 발걸음을 멈춰서 여기저기서 작은 정체가 발생하고 있었다.

심약한 사람은 다가가는 것도 꺼릴 듯했다.

하지만 코타로는 오히려 재미있다는 듯 여기저기에 시선을 보내고 있었다.

"오, 리아! 저거 뭐라고 생각해?"

"글쎄? 그걸 내가 알 리가……."

"오오, 대단해! 마법을 저런 식으로도 쓸 수 있구나!"

"……하아~."

어쩔 수 없다고 탄식하며, 엑셀리아는 뛰쳐나간 코타로의 뒤를 쫓았다.

──저 정도로 눈을 빛내다니.

잡동사니 같은 상품에 달라붙어 빤한 속임수 같은 길거리 공연을 보고 환성을 지르다니 얼마나 오락에 굶주리고 있었단 말인가. 즐기라고 한 건 엑셀리아였지만 생각한 이상으로 반응이 대단했다.

"리아~ 맛있어 보이는 게 있어!"

눈을 뗀 사이에 음식을 한가득 사 오지 않나──.

──상태가 좀 이상하지 않나? 처음으로 유원지에 따라온 어린아이 같았다. 그런 생각을 하기도 했지만 이것도 뭐, 평소의 스트레스가 해소된다면,

"맛있어어어어어어어어어!!"

"……시끄러워."

이번엔 좀 짜증 났다.

엑셀리아는 폭주하려는 코타로의 머리를 두들기며 언짢은 듯이 숨소리를 냈다.

"……어머, 근데 정말로 맛있네?"

"그렇지? 되게 맛있지?"

"으응…….."

길가로 이동해서 코타로에게 받은 음식에 입을 댄 엑셀리아는 작은 감동을 느끼고 있었다.

막 구운 바게트에 햄과 잎채소를 끼워 넣었을 뿐인 샌드위치. 그게 또 일품이었다. 바삭바삭한 게 식감도 괜찮고 무엇보다 풍미와 맛이 좋다. 구수한 밀가루 냄새가 참기 힘들 정도다.

엑셀리아에게는 약간 큰 크기였지만 우물우물 한입 가득 집어넣어 눈 깜짝할 새에 다 먹고 말았다. 입이 짧으면서 미식가인 그녀로서는 드문 일이었다.

"설마 이세계에서 이런 맛있는 음식을 먹게 되다니."

"놀랐다니까! 맛있는 냄새가 난다고 생각하긴 했지만 설마 이 정도일 줄이야."

"잘됐네. 적어도 먹을 수 있는 게 있어서."

일반적으로 위기에 처한 세계에는 변변한 먹을 것이 없는 법이다.

간도 안 된 빵. 걸쭉한 곡물 죽. 생사의 경계에 있는 세계에서 음식의 맛은 부차적인 문제였다. 일단은 먹을 수 있다는 사실 자체에 감사해야만 한다. 왜냐하면, 식량이 없는 세계도 있을 정도니까——!

아니, 엄밀하게 말해서 그 세계에도 먹을 것이 있기는 했지만,

《어라? 왜 그러시나요, 용사님? 안 드시나요?》

현지인에게만 의미가 있는 것이어서는 소용이 없었다.

몇 년 전에 방문했던 신선의 세계. 그곳에 사는 사람들이 "오늘은 진수성찬이에요."라며 안개를 들이키던 광경은 지금도 선명하게 기억하고 있다. 슈욱! 하는 청소기 같은 소리마저도 아직 귓가에 남아 있었다.

"그때는 세계를 구하는 게 먼저인지 굶어 죽는 게 먼저인지 하는 상황이었었지…….."

"뜻밖의 치킨 레이스였어."

그런 세계와 비교하면 아이리스 가든은 그야말로 천국이었다.

"그나저나 진짜 대단한데. 미식과 문화의 나라라는 소리도 이해가 돼…….."

가볍게 점심을 먹은 뒤에도 코타로의 흥분은 가시지 않았다.

지금은 액세서리 가게 앞에서 멍하니 금속 세공품을 넋 잃고 보고 있다.

마치 동심으로 돌아간 것처럼——. 아니, 정말 그 말대로일지도 몰랐다.

용사 활동과 맞바꿔서 지금까지 희생해 온 인생의 즐거움. 코타

로는 그걸 지금 되찾으려 하고 있었다. 그건 무의식적인 행동이었지만 그가 마음속 어딘가에서 분명히 바라고 있던 것이었다.

'……조금은 너그럽게 봐줄까.'

엑셀리아는 알고 있다.

언젠가 어린 코타로가 여행 방송을 부럽게 바라보았던 것을.

그렇지만 '나는 용사니까.' 라며 중간에 채널을 바꿨던 것을.

곤란한 사람을 내버려 두지 않는 성품은 훌륭하지만 때로는 자기 자신의 인생을 즐겨도 괜찮지 않을까. 계속 그렇게 생각했던 엑셀리아는 아이처럼 신이 난 코타로를 일부러 내버려 뒀다.

──아무래도 그게 문제였던 모양이었다.

"여름방학도 길어 보이지만 은근히 짧아. 계획적으로 보내야만 해……."

"용사님?! 용사님!"

번화가에서 정신없이 몇 시간을 놀고.

인생을 실컷 구가한 코타로는── 완전히 평화에 빠져 버리고 말았다.

'도중에 말리는 편이 나았으려나.'

그렇게 후회해도 이미 지나간 일이었다.

이제까지 바짝 긴장하고 살아온 사람이 쉬는 법을 배우면 어떻게 되겠는가. 새총을 예를 들어 상상해 주길 바란다. 늘어나고 늘어나서 끝까지 늘어난 고무는 총알을 멀리 날리고── 총

알처럼 기세 좋게 저편으로 날아간 것이 용사와 마왕에 관한 일이었다.

"마앙? 마앙이 뭐지……?"

"용사님?! 용사님! 정신 차리세요!"

아직 동심으로 돌아가 있다──기보다 유아 퇴행이라도 한 것처럼 보이는 코타로.

그를 흔들면서 릴리엘은 비통하게 절규하고,

"하아……."

엑셀리아는 역시나 한숨을 쉬었다.

막간극「방문자 나타나다」

"예, 기대하고 있겠어요──. 그럼!"

천계에 열린 아이리스 가든으로 통하는 구멍.

그 안으로 코타로, 릴리엘 두 사람이 사라져 가는 걸 확인하고,

"…………."

확인하고──.

"………………."

아니 아직 이르다.

어쩌면 릴리엘이 깜빡한 게 있다며 가지러 돌아올지도 모른다.

질문을 깜빡했다며 코타로가 되돌아올지도 모른다.

조금만 더 이대로 있어야 한다.

"…………………."

여신 이리스는 움직이지 않는다.

위엄 있는 표정, 자세, 태도를 무너트리지 않고, 유백색 안개 속에서 초연하게 서 있었다.

하지만 시간이 지나감에 따라 그녀는 안절부절 몸을 흔들기 시작하더니──.

"……이제 괜찮지?"

구멍이 사라지는 것을 확인하자마자 긴 숨을 내쉬었다.

"하아아아아~~~ 긴장했어~!"

꾸욱 눈을 감고 얼굴을 비비는 이리스.

"성공해서 다행이야아아아아……! 나 소환술 잘 못하니까."

품위와 관록은 어디로 갔는지 큰 목소리로 떠들어대기 시작하는 여신님.

하지만 그도 그럴 게, 지금껏 맡고 있던 중책은 그녀에게는 너무 벅찬 일이었기 때문이다.

"나 창조신인데 말이야. 땅 만들기 전문인데 마왕을 쓰러트려 달라고 하질 않나 용사를 소환해 달라고 하질 않나……. 다들 무리한 부탁만 하고 말이야."

툴툴 불평을 해대며 안개 속을 걷기 시작하는 이리스. 신 중에서도 약한 그녀에게 마왕에게 대항할 정도의 힘은 없었다. 주신이라고 해도 대단한 건 못하고 작은 세계를 섬세하게 관리하는 정도가 고작이었다. 대홍수를 일으켜서 지상을 리셋하거나, 신마저 죽이는 대괴수를 힘으로 굴복시키거나, 은거만으로도 태양을 지게 하거나 하는 그런 거창한 짓은 하고 싶어도 못했다.

다만 세계를 손질하는 것만은 잘했다. 원초의 혼돈에서 세계를 만들어 낙원으로 길러 내는 그 수완. 그것만큼은 다른 세계의 신들도 경의를 표하고 '정원사'라고 칭하며 인정하기도 했는데——.

자신의 정원에 들어온 해충을 구제하기 위해 외부의 업자에게 의지하다니 정원사의 체면이 말이 아니다. 게다가 그 용사를 불러내는 소환술마저도 적성에 맞지 않으니 기가 막힐 일이었다. 코타로 앞에서는 자신을 꾸미고 있던 그녀지만 사실은 꽤 힘겨워했었다.

"흥흥흥~ ♪"

그런 이리스이기에 용사 소환의 달성감, 해방감이 컸다.

"아~ 한숨 놓았다~."

새롭게 열린 구멍을 통해 아담한 자신의 방으로 돌아온 이리스. 화장대 앞에서 콘택트렌즈를 뺀 그녀는 옷과 가슴 패드를 휙휙 벗어 던지고 낡은 운동복을 입었다. 그리고 전신의 힘을 빼고 침대를 향해 다이빙. 벗은 옷을 옷장 안에 넣기도 귀찮다. 지금은 단지 이렇게 있고 싶었다.

"그나저나 생각한 이상으로 강해 보였어, 그 사람."

뒹굴 굴러서 대자로 누운 이리스는 조금 전 만났던 소년의 모습을 떠올렸다.

단단한 육체. 자신감 가득한 표정. 경험자의 지식.

──거기에 그 묘하게 강한 힘이 느껴지는 검.

그에게 맡겨 두면 어떻게든 되겠다는 안심감이 있었다. 그거야말로 용사의 특징이고 게다가 코타로에게서 느껴지는 안심감은 저번 용사를 넘어섰다.

"후후후, 마왕. 각오하세요. 지금 용사의 검이 다가가고 있어요!"

천장을 향해 훅! 훅! 잽을 날리며 대담한 웃음을 짓는 이리스. 만약 마왕이 이곳에 있었다면 성대하게 오줌을 지리고 울부짖으며 버러지처럼 여기저기 기어 다닌 끝에 호흡 곤란을 일으켜 멋대로 죽어 버렸을 여신님도 상상 속의 상대에게는 용감했다.

──하지만 방심하기엔 아직 이르지 않을까?

용사 소환에 성공했다고는 하지만 아직 끝난 건 아무것도 없다. 오히려 마왕 토벌 여행은 막 시작된 참이고 앞으로 무슨 일이 일어날지도 모른다. 예를 들어 마왕의 아이가 아버지의 원수를 갚기 위해 천계를 공격해 와도 이상하지 않은──.

"하~ 뭐가 되었든 이걸로 일단 안시이이이임?!"

이리스가 끄응 하고 기지개를 펴던 순간이었다.

방의 벽이 폭발해서 그녀가 날아간 건!

"무, 무슨 일이……."

폭발의 충격으로 의식을 잃는 순간 이리스가 본 것은.

벽에 뚫린 큰 구멍으로 은색 골렘이 침입해 들어오는 광경이었다.

제2장 추잡한 악당 편

1

《어리석은……. 인간 주제에 나에게 대적할 수 있을 거라 생각했나.》

"생각하지. 엄청 그렇게 생각해. 네놈을 여기서 물리쳐야 한다고 말이야."

우물우물!

《흠, 대단한 자신이로군. 하지만 괜찮겠나? 보기엔 성수도, 성유물도 없군. 빈손으로 나에게 온 건 너무 무모한 짓 아닌가?》

"아니, 방법이라면 있지."

《──호오?》

우적우적!

《그렇다면 보여 봐라! 네놈의 힘을! 그 비장의 방법을!》

"그래, 바라던 바다──! 자, 각오해라! 이것이 네놈을 멸할 빛이다! 만마를 물리치는 용사의 검이다!!"

《크크크, 후후후……후하하하하하하!!》

"하아아아아아아아아아아아아아아아!"

우적우저어어어억!

《…………잠깐 괜찮나?》

"응? 뭐지? 이제 와서 겁먹은 거냐?"

《아니, 그게 아니다. 그런 게 아니라.》

"그럼 뭐냐!"

《……전투 중일 때 정도는 그만 먹는 게 어떤가?》

"…………?"

지적당한 후에야 코타로는 자신의 손으로 시선을 떨어트렸다.

그러자 왼손에는 먹다 만 와플이! 오른손에는 길쭉한 바게트가……!

"────어?!"

코타로의 등 뒤로 전율이 흘렀다.

이럴 수가, 뭐지 이건? 자신은 검을 빼 들었을 터였는데!

"네놈 사령(리치)! 죽어서까지도 마법으로 사람의 마음을 현혹하는가!"

《내, 내가 한 짓이 아니다! 내가 한 짓이 아니라고?!》

"말씀하신 대로예요!"

바게트를 휘두르며 유령에게 트집을 잡는 코타로와 그의 뒤에서 필사적으로 고개를 숙이는 릴리엘. 조금 떨어진 장소에서 자긴 상관없다는 듯이 나른하게 두둥실 떠 있는 엑셀리아.

도저히 영웅담의 한 장면으로 생각할 수 없는 모습이었다.

"용사님, 그러시면 안 돼요. 아무리 상대가 마물이라고 해도 예의 없는 태도를 보이시는 건."

"미, 미안."

이세계로 전이되고 하루가 지나, 해가 중천에 도달하지 않은 점심 전. 교외의 폐가에 자리 잡은 리치를 퇴치한 코타로 일행은 아발론으로 돌아가는 길을 걷고 있었다.

"어머님께서 가르쳐 주셨어요. 식사는 품위 있고 예의 바르게. 다른 사람이 말하고 있는데 와플을 우물우물하시다니 어린애가 따라 하면 어쩌시려고 그러시나요."

"죄송합니다······."

그 어린애한테 혼나면서 움츠리는 용사님.

설교를 듣는 그의 등 뒤에는 왠지 모를 애수가 감돌고 있었다.

"뭐, 어쩔 수 없잖니. 상대가 잔챙이였으니."

"예?! 리치인데요?! 마법을 사용하는 엘리트 언데드인!"

"딱히 고전하거나 하진 않았잖니? 어느 틈에 죽었었잖아."

"그러고 보니······"

다시 맞붙은 후 딱히 뭔가에 당하거나 한 기억이 없다.

마법을 사용하기 위해 뭔가 마력을 모으고 있었던 모양이지만,

《파······.》

하고 입을 연 순간에 코타로에게 베여 산산이 흩어져 사라졌었다.

인상에도 남지 않는 너무나도 심한 참패였다.

"하지만 아무리 그래도 너무 방심하시는 건······."

압도적인 힘을 보아도 아직 릴리엘의 얼굴은 밝아지지 않는다.

그것도 그렇다. 입이 터지도록 욱여넣은 와플을 씹는 짬짬이 마물을 쓰러트리다니 말도 안 되는 이야기였다. 방심은 금물이라는 말은 누구나가 입에 올리는 교훈이다. 지금이야말로 그 교훈을 전해야겠다고 생각하며 릴리엘은 말을 계속하려고 했지만…….

"그렇지……. 저기, 릴리. 넌 이 경치를 어떻게 생각해?"

"경치 말씀이신가요?"

푸르른 초원. 사람과 말이 밟고 다니며 다진 길. 드문드문 피어 있는 꽃에는 나비들이 멈춰 서고 근처에는 작은 새가 놀고 있다.

"도시와 가까운 탓인지 마물도 보이지 않네요. 안정되는 기분이에요."

"하지만 저기 보렴. 개미가 있어."

"앗, 그러네요. 귀여워요. 하지만 그게 왜 그러시죠?"

"무섭지 않니? 생명의 위기를 느끼거나 하진 않아?"

"설마요! 그럴 리가 없잖아요."

"그렇지?"

엑셀리아는 만족한 듯이 고개를 끄덕였다.

"코타로가 계속 느끼고 있었던 건 그런 감각이야."

"예에에에에에에에엣?!"

말도 안 되는 소리를 했다.

마법 생물의 대표 격. 꿈틀거리는 점액 괴물, 슬라임.

죽어서까지도 사람에게 적대하는 고위 마술사의 망령, 리치.

그 어느 쪽도 사악하고 무서운, 마왕의 첨병이다. 그걸 개미 새끼 취급하다니, 릴리엘에겐 좀 이해하기 힘든 감각이었다.

"또, 또 그렇게 농담을 하시고."

동요를 숨기지 못하고 어색하게 웃는 릴리엘.

하지만 그녀의 눈앞, 엑셀리아가 묵묵히 손가락으로 가리킨 곳에선…….

《캬아아아아아아아아아아악!》

"어이쿠."

《꾸에에엑……!》

"에에에에엑?!"

하늘에서 급강하한 괴조를 코타로가 서걱 하고 베어 버리고 있었다.

"에에에에엑……!"

말 그대로였다.

여행자가 두려워하던 신출귀몰한 괴조 블라인드 호크. 그 괴조를 팔 위에 기어 올라온 개미 새끼를 털듯 간단하게 처리해 버리다니. 믿기 힘들었지만 우연이라도 세 번이나 계속되지는 않는다.

즉 코타로에게, 베타랑 용사에게 이 세계는———.

"미적지근하신 건가요!"

"그렇네."

"개미 새끼인 건가요!"

"그렇다고 했잖니."

"이봐~. 이 새 구우면 먹을 수 있을까?"

이제야 이해가 되었다.

코타로의 얼떨떨해하던 모습. 엑셀리아의 설명. 강적의 맥없는 최후.

그 전부가 이어져서 하나의 진실이 되었다.

코타로에게 이번 여행은 누워서 떡 먹기나 다름없었다. 경계할 필요도 없고, 적을 앞에 두고도 긴장이 풀릴 정도로. 당연히 고전한다는 건 있을 수 없다. 그 말은 즉, 릴리엘의 도움 따윈 필요 없다는 말이 되고——.

"아아아아아아…………."

"뭐, 세계는 여유롭게 구할 수 있으니까 다행이지 않니?"

긍지도 사명감도 존재의의마저도 잃고 맥없이 고개를 떨어트리는 릴리엘.

심정을 이해한 엑셀리아는 다정한 말을 건네지만—— 하지만 그런 문제가 아니었다.

2

《릴리. 드디어 떠나는구나.》

《네, 어머님! 어머님처럼 훌륭하게 사명을 다 하겠어요!》

《그래……. 하지만 조심하렴. 마왕의 힘은 끝을 몰라. 네가 생각하는 이상으로 여행은 괴롭고 고통스러울 거란다.》

《어머님…….》

《하지만 잊지 말렴. 내가 언제나 지켜보고 있다는 사실을. 굳

게 믿으렴. 네가 이어받은 인도의 힘을.》

《……예.》

《네가 용사의 날개가 되는 거란다. 알겠지? 릴리…….》

《저, 저 힘낼게요! 이 힘으로 용사님을 지탱하겠어요!》

…………………….

"히끅!"

그리하여 시점은 다시 여행 이틀째로.

퉤 하고 침 뱉는 시늉 비슷한 짓을 하며 식당 구석에서 주정을 부리는 릴리엘을, 코타로와 엑셀리아가 곤란한 표정으로 바라보고 있었다.

"어차피 저 같은 건 잉여예요. 벌레 같은 삼류 천사예요."

"자포자기했네……."

"어쩔 거니, 저거?"

아발론으로 돌아온 뒤에도 계속 저러고 있다.

완전히 자신감을 잃고만 릴리엘은 자신은 필요 없는 천사라는 생각에 빠져 고주망태가 된 듯이 게슴츠레한 눈초리를 하고 있었다. 지금도 거친 손놀림으로 컵을 입가로 옮겨 꿀꺽꿀꺽 소리를 내며 호박색 액체를 마시고 있다. 단지 뭐라고 할까, 마시고 있는 건 살구 티라서 오히려 귀엽다고 해야 하나 뭐라고 해야 하나——.

"죄송합니다, 무능해서. 태어나서 죄송합니다……."

스스로 말하면서 울적해졌는지 마침내 눈물을 흘리고 마는 릴리엘. 이대로라면 끝없이 침울하다 못해 증발해 버릴 것만 같았다. 가만히 지켜보기로 했던 코타로였지만 차마 두고 볼 수 없어서 말을 걸기로 했다.

　"그렇지 않아. 릴리는 소중한 동료야."

　"괜찮아요, 용사님. 무리하게 위로하지 않으셔도."

　"이럴 때 거짓말은 하지 않아. 난 진심으로 네가 필요하다고 생각해."

　"……어째서죠? 용사님께선 강하시니까 저 같은 건 없어도 괜찮지 않으신가요?"

　"어제도 말했잖아. 안내받지 않으면 어딜 어떻게 가야 할지 모른다고. 릴리가 있어 줘서 다행이라고."

　"……!"

　그랬다. 그랬었다.

　그때는 인사치레라고만 생각하고 있었지만 이제까지 릴리엘을 업신여긴 적은 없었다. 코타로도 엑셀리아도 그녀의 말에 귀를 기울이고 안내를 받으며 움직여서 여기까지 오지 않았던가.

　여행은 아직 막 시작한 참이었지만 코타로의 말에 거짓은 없었다. 그는 상상을 넘는 힘을 가진 용사였지만 분명히 릴리엘에게 의지하고 있었으며——.

　"나는 싸움밖에 못하는 사람이야. 용사라곤 해도 뭐든지 다 할 수 있는 건 아니야. 언제나 누군가의 도움이 필요했어."

　릴리엘은 용사라는 존재를 신격화하고 있었다는 걸 깨달았다.

완전무결한 영웅이 아니다. 【반드시 세계를 구하는】 현상도 아니다. 그 또한 불완전한 존재이다. 그걸 자각하고 있는 한 명의 인간이었다.

《네가 용사의 날개가 되는 거란다. 알겠지? 릴리…….》

어머니의 말이 또다시 릴리엘의 뇌리에 떠오른다. 그 진의를 지금이라면 그녀도 이해할 수 있다.

용사가 싸우고 천사가 인도한다. 그거야말로 릴리엘이 동경하고, 실천할 것을 어머니에게 맹세했던 영웅담의 구도였다──.

"이번엔 그게 릴리야. 필요 없다고 생각하지 않아."

"……정말이신가요?"

"정말이야."

"……진짜로 정말이신가요?"

"그래. 진짜로. 릴리는 우리의 훌륭한 동료야!"

"조, 조금만 더 말해 주세요."

의외로 성가신 애였다.

조금 전까지 울상 짓고 있었으면서 말이 이어지자 힐끔힐끔 코타로의 표정을 살피기 시작하더니 점점 표정이 풀어지기 시작했다. 울다가 웃으면 엉덩이에 뭐 나는데. "동료야!", "좀 더!", "의지하고 있어!", "한마디 더!", "우와, 길잡이 천사님!", "아아~!" 같은 대화에 빠져 있는 릴리엘에게선 아까 전의 비장감은 눈곱만치도 남아 있지 않았다. 뭐, 릴리엘도 아직 어렸다. 어린애란 울거나 웃거나 하며 감정의 기복이 심한 법이다.

'홀라당 넘어가긴.'

엑셀리아는 그런 생각을 하긴 했지만 물론 입 밖으로 내지는 않았다.

그런 말을 하면 다시 삐질 게 분명하다.

신랄한 태클과 어른스러운 분위기 파악 능력을 겸비한 엑셀리아는 아무렇지 않은 얼굴로 홍차를 주문하고 있었다.

"좋아, 다음 목표로 향할게요!"

돌로 포장된 길 위에서 가볍게 스텝을 밟으며 안내하는 릴리엘.

꽃 같은 웃음을 코타로와 엑셀리아에게 향하는 그녀에게 더는 근심 걱정의 흔적은 없다.

"조금 예상 밖의 속도이지만 빠른 건 좋은 거예요. 이 기세로 쭉쭉 나아가죠!"

"그래!"

이러니저러니 해도 릴리엘도 순응한 모양이었다.

현실을 직시하고 구분하여 생각할 수 있게 된 그녀에게 더 이상의 흔들림은 없다.

"어쩌면, 사흘쯤 밤새며 힘내면 마왕을 쓰러트릴 수 있을지도 모르겠네요!"

"아무리 그래도 그건 무리지?"

지나치게 의욕적인 부분도 있긴 했지만, 그것도 좀 지나면 가라앉겠지.

존재의의를 되찾은 릴리엘은 인도의 힘을 마음껏 활용해서 코타로 일행을 마왕에게 안내할 것이다. 그녀의 안내를 따르면 아무런 문제없이 마왕 토벌의 여행을 계속할 수 있다.

'………………'

하지만 엑셀리아에겐 도무지 이해할 수 없는 부분이 있었다.

"자, 따라와 주세요! 이 길은 왼쪽이에요!"

헤매지 않고 나아가고 있지만 진짜로 그 길이 맞을까?

자신들은 정말 들은 대로 따라도 되는 걸까?

릴리엘의 인도로 아발론에 도착해 리치를 쓰러트렸지만──.

현재로썬 딱히 무언가가 일어나지 않았다. 그렇다, 아무 일도 일어나지 않았다.

목표를 달성해서 마왕에게 향하는 단서를 얻었다면 또 모른다. 온 동네가 마왕의 화제로 자자하거나 리치가 마왕의 심복이거나 했다면 엑셀리아도 이해한다.

하지만 현실은 다르다. 도시에 도착했습니다. 리치를 쓰러트렸습니다. 그러고 끝이다.

어째서 그곳으로 가는가? 어째서 그렇게 하는가? 같은 필연성, 필요성이 전혀 느껴지지 않는다. 낯선 토지에서 정상적으로 작동하는지도 확실하지 않은 자동차 내비게이션을 믿고 있는 기분이었다.

아무래도 불안해진 엑셀리아는 이 타이밍에서 한번 이야기를 들어 보기로 했다.

"저기, 잠깐만. 찬물 끼얹는 거 같아서 미안한데……."

"앗, 예. 왜 그러시나요?"

"네 인도의 힘에 대해서 가르쳐 주지 않을래?"

"제 힘에 대해서 말씀이신가요?"

묻는 엑셀리아에게 릴리엘은 어리둥절해 하며 고개를 갸웃거린다. 무엇을 답해야 하는지도 모르는 표정이었다. 그런 그녀였기에 엑셀리아는 확실하게 이야기를 듣고 싶었다.

"어디까지 가능한 힘이니? 어떤 식으로 나아갈 길을 아는 거니?"

"어디까지……? 어떤 식으로? 저기, 어째서 그러한 질문을…….."

"여신에게 안내역이라고 소개받았으니까 지금까지 따라왔지만…… 이제껏 아무 일도 일어나지 않았잖니? 뭔가 즉흥적으로 끌려다니는 거 같아서 별로야. 대충이라도 좋으니까 힘에 관해 설명해 주지 않겠어?"

"아…… 아앗! 죄, 죄송합니다!"

자신의 상식이 다른 사람의 상식과 같다고만은 할 수 없다. 릴리엘은 용사를 인도하면 그걸로 끝이라 생각하고 있었지만——그것이 어떤 원리에 의한 것인지 모르면 안내받는 입장에선 안심하기가 힘든 법이다. 거기에 생각이 미친 그녀는 허둥대며 고개를 숙였다.

"죄송합니다, 설명이 부족해서…….."

"괜찮아. 그래서 너의 힘이란."

"뭐 문제라도 있었어……?"

"잠깐 조용히 해 줄래?"

사람을 의심하는 법을 모르는 용사님은 내버려 두고 엑셀리아는 릴리엘의 이야기를 들었다.

"그게 말이죠, 설명하기가 조금 어려운데…… 간단하게 말하면 인도의 힘이란 미래 예지의 한 종류예요."

"어머, 대단하네. 꽤 희소한 능력이야 그거."

"아, 아뇨! 아니에요! 그렇게 편리한 능력이 아니라…… 저기…… 미묘~하게 한정적인 능력이라고 할까 뭐라고 할까……."

"무슨 말이니?"

"미래가 '보이는' 능력이 아니에요. 어느 쪽이냐 하면 '안다'고 하는 편이 올바르다고나 할까……. 먼저 목적을 정하면 말이죠, 그 목적을 위해 뭘 하면 되는지 단계적으로 머릿속에서 떠올라요."

"그걸로 충분하잖니. 뭐가 문제인 거야?"

"알게 되는 건, '다음에 무얼 하면 되는지' 만이에요. 힘에 낭비는 없어요. 그 목표에는 반드시 의미가 있을 거예요. 하지만 어째서 그걸 해야 하는지, 그걸 하면 어떻게 되는지에 대해서는 지나 보지 않으면 몰라서요."

"어…… 그럼 리치를 쓰러트린 이유에 대해선."

"제가 묻고 싶을 정도예요……."

굉장히 면목 없는 표정으로 조심스럽게 올려다보는 릴리엘.

굉장히 의지가 안 되는 안내인이다. 들으면 들을수록 점점 불안이 늘어나는 능력이었다.

"아, 하지만, 하지만요! 안심해 주세요! 인도의 힘은 정확도

100%예요! 목표를 하나하나 달성해 나가면 반드시 마왕이 있는 곳에 도착해요!"

엑셀리아의 '이 녀석, 제정신이냐.' 같은 기색을 눈치채고 허둥지둥 손을 내젓는 릴리엘.

하지만 엑셀리아는…….

"100%란 말이지…… 지금까지의 실적은?"

"【마을의 아이돌이 되고 싶어!】하는 이웃집 파미엘이나【도망간 개를 잡고 싶어】하는 옆집 제제리엘 씨를 목표 달성까지 인도했어요!"

"정말로 괜찮으려나."

역시 어떻게 해도 불안이 사라지지 않았다.

"죄, 죄송해요……. 자유자재로 구사할 수 있게 되면 먼일까지도 알 수 있어서 엄청 세세하게 길을 안내할 수 있는데…… 전임이셨던 어머님은 대단하셨어요."

"어머, 그러니? 어느 정도로?"

"최종적으로는 분 단위로 목표를 알았다고 하셨었어요."

"그건 그거대로 별로네."

0시 0분에 마왕성에 도착해서, 0시 5분까지 지금까지의 고생을 동료들과 이야기하고, 0시 10분에는 철문을 열고 안으로 들어가서, 0시 15분에 드디어 대간부와 격돌한다. 그런 최종 결전은 이쪽에서 사양하고 싶다.

자유자재로 사용하지 못하는 것도 문제지만 사용하게 되어도 제대로 된 능력이 아니다.

인도의 힘이란 본인이 말했듯이 매우 한정적인 능력이었다.

"저기, 그 어머님은 못 부르니? 둘을 더해서 다시 둘로 나누면 딱 좋지 않겠어?"

"죄, 죄송합니다—! 어머님은 은퇴하셨고, 아니 그전에 이 힘은 대대로 물려받는 힘이라서요—!"

"뭐 문제없잖아."

"코타로."

분풀이로 릴리엘의 볼을 주물럭대는 엑셀리아를 코타로가 자제시킨다.

그는 완전히 울상이 된 천사를 등 뒤로 감싸고 자기 나름대로 두둔한다.

"나도 검으로 빔 같은 거 쏠 수 있긴 한데 어째서 나오는지는 모르거든."

"너 원리도 모르면서 쓰고 있었던 거야?"

충격적인 사실이었다.

지금까지 실컷 쏴대던 필살기가 설마 본인도 잘 모르는 힘이었다니. 그런 수상한 광선에 쓰러진 자들도 진실을 알면 편히 눈감기 힘들 게 분명하다. 누가 원리를 물어봐도 가만히 있기로 한 엑셀리아였다.

"여하튼 중요한 건 그런 힘이 있다는 거야."

"세세한 건 신경 쓰지 말라는 소리?"

"뭐, 그렇게 되나. 동료의 힘을 믿자."

"여전히 순진하네……."

일단 믿고 보는 코타로와 일단 의심하고 보는 엑셀리아.

대립하는 일도 많은 두 사람이지만 이번에는 엑셀리아가 한발 물러났다. 어쩔 수 없겠다며 고개를 가로젓고는 그대로 입을 닫은 파트너에게 미소 지은 코타로는 릴리엘에게도 다정한 표정으로 말했다.

"뭐 그런 거니까, 릴리도 그렇게 신경 쓰지 마. 나는 믿고 있으니까."

"용사님······. 아니, 안 돼요! 여기서 만족하면 길잡이 천사라는 이름에 먹칠을 하는 꼴! 반드시 엑셀리아 님도 만족해 주실 결과를 내겠어요!"

"어떻게?"

"으, 그, 그건······."

깊게 추궁하는 건 관뒀지만, 슬쩍 찌르는 건 잊지 않는다.

능동적인 듯 보여도 실제론 극히 수동적인 인도의 힘으로는 극적인 장면을 타이밍 좋게 가져올 수 없다. 할 수 있는 건 다음 목표가 '알기 쉬운 것'이길 바랄 뿐이었지만,

"······오, 오오~? 대, 대단해요! 다음 목표가 대단해요!"

아무래도 릴리엘은 운이 좋은 모양이었다.

"이 앞에 놀랍게도 새로운 동료가 기다리고 있나 봐요!"

동료. 새로운 동료. 확실히 이건 알기 쉽다.

용사의 여행에 동료는 필요 불가결하다. 뜻을 함께하는 사람들이 집결해서 힘을 모아 강적에게 도전하는 전통적인 구도. 그걸 몇 번이고 경험했기에 코타로는 동료의 중요성을 알았고, 그

동료를 소중히 생각하게 되었다.

그렇기에 이번 여행에서도 동료가 늘어나는 건 역시 환영할 만한 일이었다.

그리고 동료가 있는 곳으로 인도해 준 릴리엘의 힘 역시 유용하다는 말이 되고,

"아니, 딱히 동료 같은 거 필요 없는데."

"예엣~?!"

냉철한 한마디였다.

"이 정도로 적이 약하다면 코타로 혼자서 처리할 수 있잖니? 전력은 더는 필요 없어."

"아니에요, 인도의 힘에 낭비는 없어요. 【새로운 동료와 만나자】가 다음 목표라면 분명 그 사람은 여행에 빠질 수 없는 인재예요!"

"정말이야……?"

"자자, 일단은 만나 봐 주세요! 이쪽이에요! 새로운 동료를 맞이하죠!"

릴리엘은 드디어 눈에 띄는 성과를 내게 된 것이 기쁜지 흥분한 느낌으로 골목길을 향해 달려갔다. 그 등을 지키듯 코타로가 따르고 마지막에 어쩔 수 없다는 표정으로 엑셀리아가 쫓아간다.

"새로운 동료인가. 기대되네!"

"저기, 그 동료가 있는 곳 멀어?"

"아뇨, 금방이에요! 이제 저길 지나고 나면!"

헐떡이면서도 릴리엘은 다리를 멈추지 않는다.

이마에 구슬 같은 땀방울을 흘리고 볼을 붉게 상기시키며 작은 천사는 달려나간다.

"앗, 앗, 알겠어요! 있어요! 느껴져요!"

자신의 모습과 언동을 생각하지 않는 건 역시 어리기 때문일까.

하지만 지금은 단지 기쁨만이 그녀의 마음속에 있었다.

도움이 된다. 의지가 된다. 그걸 상대가 알아준다.

기쁘다! 기뻐! 울고 싶어질 정도로 기뻐!

멈출까 보냐. 멈출 수 있을까 보냐. 동료는 바로 이 앞에 있다.

자기 뒤에. 거기에 더해 지금 바로 눈앞에!

"저 사람이 새로운 동료예요!!"

그리고 눈부신 웃음을 지으며 릴리엘이 가리킨 건,

"우와아아아아아아아아아아아아아! 골렘이다아아아아아아아!!"

"꺄아아아아아아아아아아아아아! 어째서어어어어어어어어어!!"

"도, 도망쳐! 살해 당한다아아아아아아아아아아아아아아아아!!"

"이제 틀렸어어어어! 끝이야아아아아아아아아아아아아아아아!!"

아비규환의 지옥이었다.

"··················어?"

웃는 얼굴로 굳은 릴리엘이 척하고 손가락으로 가리킨 곳.

휴식처로 보이는 원형 광장에는 울부짖으며 우왕좌왕하며 도망치는 사람들과—— 거리 한복판에 있어선 안 될, 은색으로 빛나는 골렘이 있었다.

《위이잉……. 쿠웅……. 쿵…….》

드럼통에 손발을 달았다고 형용하기에는 조금 귀염성이 떨어지는 기계 병기.

통나무 같은 모습을 한 골렘은 등장한 코타로 일행을 반들반들한 눈으로 보았다.

"멋진 동료구나."

모두가 여유를 잊을 듯한 궁지 속에서도 비꼬는 걸 잊지 않는 엑셀리아였다.

3

어떻게 하면 이세계로 갈 수 있는가?

초대받는 것도, 불려가는 것도 아니다. 자신의 의사로, 자신의 힘으로 능동적으로 행하는 세계 간 이동. 우발적으로 이세계를 헤매게 되는 사람도 있지만—— 그런 불안정하고 재현할 수 없는 현상이 아니다. 하고 싶을 때 할 수 있는 방법이야말로 고금동서 수많은 세계의 사람들이 추구하던 것이었다.

누군가는 마법에 의지했다. 복잡한 술식을 구성하여 이세계로 향하는 문을 열었다.

누군가는 기적에 의지했다. 위대한 신에게 기도하여 원하던 결과를 이끌어 내었다.

그리고 누군가는 사법(邪法)에 의지하여 허무하게 그 몸을 망쳤다.

세계 간 이동은 지극히 섬세한 분야이다. 예를 들어 다른 사람의 집 문을 억지로 열고 들어가는 거나 마찬가지다. 그런 억지스러움이 '초대받아서', '소원에 의해' 전이하는 소환술과는 크게 다른 점이었다.

소환술은 실패해도 전이하는 사람에게 위험이 생기지 않는다. 안정된 술법이었다. 기껏해야 불발로 끝나거나 다른 것이 소환되거나 하는 정도이다. 머리만 전이되거나 전이의 충격으로 죽어 버리거나 하는 사고는 일어나지 않는다.

그에 반해 능동적 전이는 위험성이 높다. 자신과는 인연도 없는 세계로 침입하는 행위다. 위험하지 않을 리가 없다. 주신에겐 침략자 취급당하고 세계 그 자체에는 이물질 취급당하며 실패라도 하면 방금 열거한 참사가 일어난다.

그러한 문제들을 전부 해결한 방법이 소환술이지만——역시 하고 싶은 건 자신의 의사로 하는 전이다. 선택되지 않으면, 초대받지 못하면 이세계로 가지 못하는 건 싫다! 자신은, 자신의 의사로 원하는 세계로 가고 싶다!!

이세계를 향한 미칠 듯한 갈망. 억누를 수 없는 호기심과 탐구심.

그리고 침략과 피난의 한 가지 수단으로서—— 전이 기술은 계속 연구되어 왔다.

《……전이, 확인. 차원 간 항행 시퀀스, 완료.》

어제 이리스의 방을 습격한 골렘도 그랬다.

【차원 간 항행 유닛】이 정식 명칭인 이 인간형 기계는 이름 그대로 세계 간의 이동만을 위해서 만들어진 기계였다.

《탐사 개시…… 완료. 최적화…… 완료. 시스템, 올 그린.》

신도 악마도 마법도 없다. 사이킥이나 텔레파시 같은 초상적인 능력도 없다.

확실한 물리법칙만이 지배하는 세계. 그곳에서 만들어진 이 기계는 본래 구난정(救難艇)으로서 설계된 것이었다.

《진로 설정. 상황, 개시합니다.》

그저 파괴 행위만을 일삼는 기계의 습격을 받아 황폐해진 그 세계에서는 여러 가지 대응책이 고려되었다.

최종 병기를 만들어 적을 섬멸한다. 이민선을 건조해 다른 행성으로 떠난다. 쉘터를 증강해 영원히 숨는다. 그 어느 것도 실현 가능성은 적었지만 고려하지 않을 수가 없었다. 살아남기 위한 길을. 이어질 미래를. 그런 건 없다는 사실을 어렴풋이 깨닫고 있었지만── 그래도 생각하지 않을 수는 없었다.

《반중력 장치 기동. 부스터, 온.》

【차원 간 항행 유닛】도 그런 상황에서 고려된 것이었다.

고향을 포기하여 다른 세계로 도망치기 위한 장치. 이것만 완성하면 적이 쫓아올 수 없는 곳까지 갈 수 있다. 다른 차원의 연구는 확립된 분야라고 하기는 어려웠지만 사고방식을 바꾸면

신천지를 개척하는 거나 마찬가지였다. 기존의 기술로 발버둥치는 것보다는 아직 희망이 있다고 생각한 담당자는 연구에 몰두했다.

——뭐, 결국엔 제시간에 맞추지 못했지만.

《접촉까지 52초…….》

구난정으로서 설계되었지만 다른 용도로 사용되고 있다.

모든 것이 끝난 후에 완성되어 자신이 아닌 누군가에게 운용되고 있다.

그 사실을 알면 그는 어떻게 생각할까. 차원 간 항행 기초 이론을 완성하고 최후엔 힘이 다한 그 연구자는——.

"우오오오옷!! 뭐, 뭐냐 저건?!"

"골렘?! 골렘이 낙하했어?!"

"도, 도망쳐! 살해당한다아아아아!!"

그리고 원래 세계에서 기동되어 이세계의 벽을 넘고 끝내는 천계마저 돌파해서 온 【차원 간 항행 유닛】은——

《마커 확인. 조합 개시…….》

골렘으로 잘못 볼 정도의 거구로 코타로 일행을 내려다보고 있었다.

"저기, 저걸 동료로 삼으면 되는 거니?"

"아아아아아아아뇨오오오오……?! 저, 저건 어딜 어떻게 봐도 마왕의 첨병."

"이지."

2m를 넘는 거구. 우락부락한 금속제 손발.

거구로 덮쳐지기만 해도 즉사할 것 같다. 하물며 얻어맞기라도 한다면 피의 축제가 열릴 게 분명하다.

《오차 수정. 데이터 갱신…….》

"으아아아아아아아……?!"

심약한 릴리엘은 지금이라도 오줌을 지릴 것만 같았다.

아니 어쩌면 조금 쌌을지도 모른다. 막 태어난 새끼 사슴처럼 오들오들 다리를 떨고 있는 소녀의 하반신은 딱 봐도 연약해 보였다.

"……응?"

그게 반해 코타로는 대담했다.

역시 용사라고나 할까. 골렘의 출현에도 겁내지 않고 오히려 흥미진진하게 그 거구를 바라보고 있다. 그뿐만이 아니라 무방비하게 어슬렁어슬렁 다가가더니 세세한 부분을 확인하려 한다.

골렘 대처 정도는 자신 있다는 뜻일까?

이런 건 경계할 필요도 없는 상대라고.

"어라? 이 목소리, 혹시……."

──아니, 그런 이유가 아닌 모양이었다.

"프림! 프림이잖아!"

뭔가를 깨달은 코타로가 활짝 웃으며 특이한 형태의 골렘에게 말을 건다.

그러자 꽃봉오리가 피듯 골렘의 거구가 전개되어──.

"조합 완료……. 오랜만입니다, 마스터."

안에서 자그마한 소녀가 나타났다.

""""에에에에에에에에에에에에에에엑?!""""

올려다볼 정도의 거구에서 가련한 소녀가 나타나다니──.

생각도 못 한 전개에 그 자리에 있던 전원이 경악의 목소리를 내고 있었다.

"이야~ 정말 오랜만이야! 1년만인가?"

"326일 하고도 6시간 12분 51초 만의 재회입니다."

"벌써 그렇게 지났나! 아하핫, 잘 지냈어?"

코타로와 소녀, 그리고 엑셀리아는 아무 일도 없었다는 듯 대화를 시작했지만,

'누, 누, 누, 누구야~~~~~~?'

릴리엘은 털썩 주저앉아서 나타난 소녀를 바라보고 있을 뿐이었다.

4

대중은 대담했다.

어처구니없는 사고를 목격하든 터무니없는 사태와 만나든 자기 몸에 위험이 없다면 말 그대로 남 얘기로 취급해 버린다.

"새로운 극단이라며?"

아발론의 시민도 그랬다.

지나간 일은 금방 잊는다는 듯 그렇게 소란 피우던 사람들도

지금은 멀리서 골렘을 구경하고 있다.

"그럼 저건 인형 옷인가."

"아니, 난 대장간의 선전이라고 들었어."

"누가 그랬는데, 누가."

아발론 중심부에서 그리 멀지 않은 원형 휴식 광장. 벤치와 가로수가 갖추어져 있어 차분한 분위기인 그 공간은 산책 도중에 잠시 쉬기엔 딱 좋았다. 이곳엔 손님을 끌려는 시끄러운 고함도, 길거리 공연의 허풍도 없다.

단지 무엇이든 예외는 있는 법이라서,

"저렇게 큰 걸 띄우다니 대단한 부유 마법이군."

"아니, 너도 봤잖아? 속 빈 강정이야 저건. 보기엔 저래도 안은 텅 비었고 뼈대도 분명 나무나 뼈야."

이때만큼은 고상한 시민들도 모여서 광장 여기저기에서 웅성거리고 있었다.

그들의 관심은 물론 소녀가 들어가 있던 골렘이었다. 나타났을 때는 놀라긴 했지만 피해다운 피해도 없고 경비병의 조사에도 순순히 응하고 있다. 아무래도 해는 없는 듯하다. 그렇게 판단한 그들은 기다렸다는 듯이 고찰과 논의, 수다를 떨고 있었다.

"다음부터는 제대로 허가받으라고."

"실례했습니다."

시민도 시민이지만 경비병도 경비병이었다.

상대가 고분고분하자 조사도 대충 끝내 버렸다. 너무 평화에 빠져 있다고 해야 할지 뭐라고 할지. 상식적으로 생각해서 하늘에서 내려온 수상쩍은 물체는 압수해야 당연한데—— 그들은 그것이 무엇인지 조금도 이해하지 못하고 있었다.

"저거 뭐라고 생각하세요?"

"글쎄다. 극단의 소도구 같은 거겠지."

대장부터가 이랬다.

마법 반응도 없다. 주술 도구 같지도 않다. 적어도 규정에 걸릴 만한 물건은 아니다. 소녀는 탈것이라고 했지만—— 인간형 탈것이 있을 리가 있나. 아마 왕도에서 한몫 잡기를 꿈꾸는 예능인이 허가도 받지 않고 일을 벌인 거겠지. 백문이 불여일견이라고. 일단 내가 생각한 재주를 봐 달라고.

"흥, 시시하군."

그런 녀석들은 이곳엔 굴러다닐 정도로 많다. 그 한 사람 한 사람에게 신경 쓰고 있다간 문제는 산처럼 쌓이기만 할 것이다. 지금까지 적당히 해 왔어도 문제 같은 건 생기지 않았으니—— 분명히 이번에도 그럴 것이다.

바쁜 매일을 보내는 경비병에겐 처리 속도가 무엇보다 중요하다. 아무튼 빨리 처리하지 않으면 문제는 산처럼 쌓여갈 뿐이다. 그 사실을 뼈저리게 알고 있던 대장은 부하를 데리고 냉큼 대기소로 돌아가 버리고 말았다.

"……후~ 어떻게 넘어갔네요."

"융통성 있는 대장님이라 다행이었어."

광장의 중심, 조사에서 해방된 코타로는 안심하며 어깨의 긴장을 풀었다.

그 옆에서는 릴리엘이 마찬가지로 안도의 숨을 내쉬고 있다.

"냉큼 도망갔으면 됐잖아."

엑셀리아만이 나른하게 하품하면서 그렇게 혼잣말을 했지만 ──.

어찌 됐든 소동도 일단락되어 이걸로 마침내 소녀와 이야기를 나눌 수 있게 되었다.

"저기, 프림…… 맞지?"

먼저 말을 건 사람은 릴리엘이었다.

"나보다 조금 아래…… 으음, 10살 정도?"

짧은 은발. 회색 눈동자. 도자기 같은 피부는 매우 매끄러워 보였으며 손발은 작고 사랑스럽다. 어깨와 배 같은 부분의 노출이 많고 딱 달라붙는 옷은 낯설었지만 ── 자신보다 키도 작고 나이도 비슷해 보였다. 코타로, 엑셀리아 같은 '오빠, 언니' 사이에 있던 릴리엘은 동년배 동료의 등장을 솔직하게 기뻐했다.

"와~ 기뻐! 나만 애니까 좀 신경 쓰였었어."

"………………"

"새로운 동료가 프림이라 다행이야! 이제부터 친하게 지내자!"

"………………"

"저, 저기……."

소녀는 대답하지 않았다. 표정마저도 바꾸지 않고 그저 빤히 릴리엘을 바라보고 있다.

경계 ── 아니, 이건 관찰이다. 처음 본 생물에 대해서 먼저 관찰부터 하는 프로세스. 우호적이라고 보기 힘든, 이제껏 경험해 보지 못한 무기질적인 대응에 릴리엘은 차츰 쩔쩔매기 시작했다.

"프림. 똑바로 인사해야지."

"마스터. 그건 명령입니까?"

"예의라는 거야."

"예·의……. 그렇군요, 알겠습니다."

프림이라 불린 소녀는 코타로가 하는 말을 순순히 들었다.

주인이라고 부르고 있으니 그의 종자거나 사역마겠지. 그렇다면 이곳에 나타난 건 주인이 걱정되어서 만나러 온 건가. 움직임이나 표정이 빈약해서 당황했지만 꽤 귀여운 구석도 있잖아. 허둥대고 있던 릴리엘도 두 사람의 관계를 파악함에 따라 점차 표정을 풀고…….

"제 이름은 프림로즈. 범용 인간형 병기 프림로즈. 특기는 해킹과 섬멸입니다."

"위험해라?!"

털을 곤두세우곤 크게 거리를 벌렸다.

그러자 광장에 있던 시민들이 "위험?", "역시 위험한 건가?", "저렇게 귀여운데?" 하고 술렁거리기 시작해서──.

"자리를 옮길까."

그걸 깨달은 코타로가 아무렇지 않게 멤버들을 데리고 그 자리를 떴다.

"그래서 용사님과 프림은 결국 어떤 관계이신가요?"

광장에서 그리 멀지 않은 식당으로 이동해서 가볍게 주문을 끝냈을 때였다.

릴리엘의 입에서 당연한 의문이 흘러나왔다.

"작년에 소환된 세계에서 만나고 함께 적과 싸웠어."

"파티 멤버이셨다는 거군요?"

"뭐, 그렇지. 이번 릴리와 마찬가지야."

범용 인간형 병기 프림로즈. 전쟁에 종지부를 찍기 위해 개발되어 전선에서 계속 싸워 온 소녀. 그녀는 작년 여름에 코타로와 만났다. 그리고 두 사람은 함께 싸웠다.

"그때는 큰일이었지……. 쓰러트려도 쓰러트려도 로봇이 튀어나와서 말이야."

"덤으로 녹슨 냄새에 기름 냄새에……. 더는 두 번 다시 가지 않을 거야, 그런 곳."

작년이라 그런가 아직 기억이 선명한지 코타로와 엑셀리아는 바로 어제 일처럼 말했다. 가벼운 태도로 말하고는 있지만 실제론 큰일이었겠지. 리치를 순식간에 처치하는 용사가 고전하다니 상당히 힘든 곳이었을 터였다. 릴리엘은 두 사람의 말을 들으며 상상을 뛰어넘는 사투의 장면을 떠올리려고 하다가…….

"하지만, 하지만, 세계는 구원받은 거죠?"

그렇다. 중요한 건 그 부분이었다. 우스갯소리로 말할 정도니 프림로즈의 세계는 구원받았을 게 틀림없다. 이곳에 비하면 훨씬 살벌한 세계였던 모양이지만──그럼에도 코타로는 해냈다.

그렇다면 프림로즈가 찾아온 이유는,

"그럼, 프림은 은혜를 갚기 위해 온 거야?"

그 이유밖에 떠오르지 않았다.

"그런 거야, 프림?"

"분명히 그럴 거예요!"

놀러 왔다, 일이 있어서 왔다——고 하기보다는 은혜를 갚기 위해 왔다고 하는 편이 와닿는다.

일부러 세계의 벽을 넘어서 왔다. 가벼운 이유일 리가 없다. 거기에 예전 동료와 재회해 다시 손을 잡는 건 영웅담의 약속된 패턴이었다. 우연히 영웅담의 패턴을 마주하게 된 릴리엘은 즐겁게 자신의 주장을 늘어놨지만,

"…………."

대조적으로 프림로즈는 담담했다.

"마스터에게는 은혜가 있습니다. 세계를 구해 주신 큰 은혜가. 저는 그 은혜를 갚기 위해 왔습니다만…….'

"역시!"

"하지만."

담담함을 넘어 음울하다고도 할 수 있다. 무표정 속에서도 어둠을 풍기며 릴리엘의 말을 차갑게 자른 프림로즈. 그녀는 험악한 눈초리로 코타로를 노려봤다.

"마스터는 뭘 하고 계신 겁니까? 이런 곳에서 농땡이 부릴 시간은 없으실 겁니다. 이 세계를 구하고 일상으로 돌아가기 위해서라도 지금은 행동하셔야지요."

정론이었다.

용사로서 소환되어 요청에 응했다면 그 책임을 다해야만 한다. 옆길로 새서는 안 된다. 도중에 시간을 허비해서는 안 된다. 해야 할 일은 제대로 하고 우선순위를 헷갈려서는 안 된다고 프림로즈는 말하고 있다.

"아니, 그렇지만 말이야."

물론 코타로 일행에게도 할 말은 있었다.

프랑세즈가 전쟁 중이 아니라는 사실. 애초에 마왕이 모습을 내비치지 않은 사실. 덕분에 안내자가 필요해서 지금은 그 지시에 따르고 있다는 사실.

말하고 싶은 건 많이 있었지만 약간 특수한 안건이라서 어떻게 전하면 될지 망설이게 된다. 그 주저를 어떻게 판단했는지 프림로즈는 언짢은 듯 자리에서 일어났다.

"알겠습니다. 마스터께서 움직일 생각이 없으시다면 제가 대신 행동하지요."

"에엑?! 프, 프림?!"

"마스터께선 이곳에서 기다려 주십시오. 그리 오래 걸리지 않을 겁니다."

"잠깐! 잠깐 기다려!"

필사적으로 말리려고 하는 코타로. 그 자리를 뜨려고 하는 프림로즈.

두 사람의 실랑이가 언쟁이 되려던 타이밍에,

"오래 기다리셨습니다~ ♪"

웨이트리스가 요리를 가지고 왔다.

"봐, 봐, 요리가 왔잖아? 이거라도 먹으면서 조금만 더 이야기를……."

"딱 봐도 비효율적인 음식이군요."

"프림……."

쌀쌀맞기 짝이 없었다. 접시 위에 쌓아 올린 크레이프와 타르트. 과자라도 먹으면서 이야기하자며 코타로 일행이 주문한 것들을 프림로즈는 모멸적인 말로 단칼에 잘랐다.

"이런 걸 드시니까……."

영양 밸런스가 좋지 않고 보존성에도 문제가 있다. 이런 걸 먹고 기뻐하는 건 미개척지의 야만족 정도이다. 그런 뉘앙스를 풍기며 프림로즈는 타르트를 집어 들곤 이걸로 이야기는 끝이라는 듯 한입 크게 덥석 물었다.

————쩌억!!

"……응?"

지금 엄청난 소리가 난—— 듯한 기분이 들었다.

세계가 통째로 얼어붙는 듯한 소리다. 그 소리는 타르트를 입에 댄 프림로즈에게서 나온 소리였다.

"……………!"

코타로가 그렇게 착각하는 것도 당연했다.

달콤새콤한 사과 조림. 바닥에 깔린 농후한 커스터드. 거기에 무엇보다도 바삭바삭하고 고소한 타르트 생지. 그 모든 것이 한 몸이 된 과자를 입에 댄 프림로즈는 완벽하게 굳어 버리고 말았다.

"이, 이따위 것."

코타로 일행의 시선을 깨달은 프림로즈는 남은 부분도 서둘러 마저 먹고는 뾰로통하고 화내며 나갔다. 그게 부끄러움을 숨기기 위한 척인 건 그 자리에 있던 모두가 알고 있었지만―― 그걸 지적하는 눈치 없는 짓을 하는 사람은 아무도 없었다.

"가 버렸네요……."

잠시 후 조금 쓸쓸하게 릴리엘이 입을 열었다.

그러자 바로 엑셀리아가 의문을 던진다.

"어떻게 할 거니? 저 애도 동료로 삼는 게 목표였던 거지?"

"아, 아뇨. 저도 거기에 대해 생각해 봤는데…… 목표는 【새로운 동료와 만난다】예요. 【프림을 동료로 삼는다】가 아니니까 일단은 이걸로 목표 달성……인 걸로 되지 않을까~ 싶기도."

"뭐니 그게. 그럼 대면만 하는데 그 정도로 소동을 벌인 거니?"

"아마, 그렇지 않을지……. 죄, 죄송합니다!"

꾸벅꾸벅 고개를 숙이는 릴리엘과 저기압인 엑셀리아.

하지만 코타로만은 태연한 자세로 소녀가 떠난 방향을 잠자코 지켜보고 있었다.

"괜찮아. 우리와 프림의 길은 언젠가 반드시 겹쳐질 거야."

"용사님."

"저 애는 예전의 나와 같아. 용사의 긍지와 사명감만 있고 여유가 없었던 시절의…… 인생의 즐거움을 몰랐던 시절의 나야."

"코타로……."

"가능하면 저 애도 이곳에서 행복을 찾기 바라."

"선배 행세하기엔 너무 이르지 않아?"

코타로가 이 세계에 와서 아직 이틀밖에 지나지 않았다. 인생의 즐거움을 발견한 것도 어제오늘 얘기다. 그런데도 달관한 얼굴로 '선배의 조언' 같은 걸 입에 담다니——.

재미있는 게임을 발견해 자랑스럽게 그걸 친구에게 가르쳐 주는 초등학생 같았다. 기분만큼은 틀림없이 똑같겠지.

용사답게 처신하고 있긴 하지만 이 애는 아직 어린애다.

'하아.'

엑셀리아는 어쩔 수 없다는 표정으로 고개를 저었다.

5

그럴 생각은 없었다.

그런 험한 말을 할 생각은 없었다.

단지 코타로의 해이해진 모습을 보고 어째서인지 화가 났다.

'……이래서는 안 됩니다.'

프림로즈
그녀에게 코타로는 완전무결한 영웅이었다.

언제나 빈틈이 없고 논리정연하며 적에겐 용서가 없는 죽음의 전사.

그런데도 정과 상냥함을 겸비하고 누구에게나 차별 없이 대하는 호인.

야사카 코타로는 용사라는 말에 딱 맞는 소년이었다.

'하지만…….'

그게 1년 만에 재회했더니 어떤가. 긴장감이 사라져서 빈틈이 늘어난 것처럼 보였다. 이 세계에 충만한 '미적지근한' 공기에 중독되었는지 지금의 그는 이빨 빠진 짐승이었다.

기계보다도 기계 같았던 부분도 완전히 사라졌다──.

"【차원 간 항행 유닛】, 기동."

"오옷, 움직였다!"

《반중력 장치 기동. 부스터, 온.》

"""오오오오오───!"""

원인은 역시 이 분위기 때문이다.

이런 특이한 형상의 물체를 진심으로 극단의 소도구라고 생각하고 있는 건가. 뜨는 것밖에 못하는 물건이라고? 지금도 프림로즈가 탑승해서 하늘로 떠오른 유닛을 보고 손뼉을 치며 기뻐하고 있는 사람들은── 치명적일 정도로 위기 파악 능력이 부족하다.

《순항 진로 설정. 레이더 기동. 에너지 서치, 개시.》

이 세계도 문제다. 위협이라 할 만한 위협이 없다. 어째서 코타로가 불려 왔는지 모르겠다.

랜덤하게 비행하면서 광역 레이더로 탐색해 봐도 걸리는 건 하찮은 잔챙이뿐이고──.

《……?》

한순간, 패널에 노이즈가 표시되었지만 그것도 결국엔 기분 탓이었다.

위성과 통신시설이 없는 이세계에서는 할 수 있는 일이 한정된다. 아까 같은 미세한 문제도 발생하겠지. 하지만 그걸 고려해도 이곳에서 이 유닛의 성능은 충분하다 못해 넘칠 정도였다. 마왕이란 놈이 어느 정도의 힘을 가졌는지는 모르겠지만 어디 있든 반드시 찾아낼 자신이 있었다. 물론 마왕을 쓰러트릴 자신도——.

《이제부터 어떻게 할까?》

《잠시만 기다려 주세요. 슬슬 떠오를 거 같아요.》

생각에 잠겨 있는데 통신이 들어왔다.

《5초만 기다려 줄게. 자, 5, 4, 3, 2…….》

《예엣?!》

패널을 조작하자 영상이 나타났다.

전부 슬쩍 두고 온 유닛의 부속 기체가 보내온 영상이었다.

《야야, 리아. 괴롭히지 마.》

《알았어, 알았어.》

메뚜기나 잠자리 정도의 크기밖에 되지 않는 자율 소형 정찰기. 스텔스와 카무플라주 기능도 겸비한 이 부속 기체는 현재 코타로를 따라다니도록 세팅되어 있다. 다행히 누구도 깨닫지 못한 모양이다. 이 세계의 주민은 말할 필요도 없고 그 감이 좋은 코타로마저도——.

《………….》

그건 그것대로 복잡한 기분이 들었지만 프림로즈는 묵묵히 영상을 바라보고 있었다.

《으응, 으응……. 앗, 보였, 보인……!》

《……사춘기 남자 중학생 같네.》

《푸웁?!》

마시고 있던 홍차를 뿜고 시끄럽게 기침하는 코타로. 그걸 보고 웃는 엑셀리아와 당황하며 손수건을 내미는 릴리엘. 그들은 대체 뭘 하고 있는 걸까? 마왕 토벌이라는 목표를 내걸고 있으면서 저곳에 머무는 의미란──.

욱해서 뛰쳐나오지 말고 조금 더 이야기를 들을 걸 그랬다. 하지만 이제 와서 태연히 모습을 드러내는 것도 거북하다. 이렇게 된 거 후딱 마왕을 쓰러트리고, 만나는 건 그다음으로 하는 편이 나을 것 같다고 프림로즈는 생각했다.

'하지만…….'

영상 구석. 식탁 위에 놓여 있는 많은 접시.

거기엔 방금 그녀도 입을 댄 과자와 간단한 식사가 올려져 있었다.

'저건 맛있었어…….'

충격적인 맛이었다. 좀처럼 놀라는 적이 없는 프림로즈가 사고 정지에 빠질 정도의 맛이었다. 맛이 느껴지지 않는 합성 식량이나 퍼석퍼석한 보존식과는 완전히 다르다. 영양 밸런스가 좋지 않다는 건 느껴졌지만 그런 건 전혀 신경 쓰이지 않았다. 프림로즈의 세계에도 식문화가 있기는 했다. 하지만 그것도 전쟁으로 불타 생활이 곤궁해지자 점점 '맛보다 영양'으로 변해 갔다. 코타로의 손에 의해 전쟁이 끝나도 음식에 관해서는 여전히 그대로였다. 좌우간 배가 부르고 영양만 있으면 된다고 전 세계의 인간이 쿠키라고 부르기도 민망한 걸 우물우물 먹고 있다. 원점 회귀를 주장하는 집단이 토양과 해양을 정화해서 자연스럽고 몸에 좋은 식재료를 되찾으려는 모양이지만 얼마나 시간이 걸릴지. 10년, 20년 정도론 안 될 것이다. 자칫 잘못했다간 100년 후에도 오염은 제거하지 못할지도 모른다. 그렇게 생각하면 역시 저곳에 남아 있을 걸 그랬다는 후회가 생긴다. 모처럼 코타로가 사 준 건데. 남기지 말고 먹는 게 그가 말한 예의에 맞는 행동일 테고 무엇보다 자신의 혀와 위장이 행복해진다. 그 풍부한 향기는 아직 코에 남아 있다. 그 여운만으로 후각 센서가 기쁨의 춤을 추는 듯했다. 그나저나 그 과자는 맛있었다. 이 세계를 떠나기 전에 반드시 다시 한번 먹고 싶다. 볼이 미어터지게 먹고——.

《——헉?!》

불과 몇 초 정도였지만 의식이 완전히 날아 갔었다.
덤으로 침까지 흘리고 말았다. 전부 처음 겪는 경험이었다.
《사과 타르트, 무섭군…….》
입가를 닦는 프림로즈는 전율마저 느끼고 있었다.
어쩌면 이 세계의 음식에는 정신 이완 작용 효과가 있는 것이 아닐까. 그게 아니라면 이런 현상은 말도 안 된다. 자신이 미식에—— 그것도 회상에 빠져 자아를 잃고 말다니.
코타로도 거기에 당했을지도 모른다. 미지의 물질에 오염되어 자제심이 사라진 게 분명하다. 그렇게 생각하면 이치에 맞는다. 이 평화로운 세계도, 만사태평한 사람들도, 그 맛있는 타르트의 맛도──.

《안 돼, 아직 임무 중…….》

또 사고가 옆길로 새고 말았다. 프림로즈는 영상을 지우고 음성전용 통신으로 전환했다. 근황을 파악하는 건 목소리만으로 충분하다. 심란하게 하는 걸 언제까지나 비추고 있을 필요는 없다.

음식이라면 유닛 내에 비치된 보존식이 있지 않은가. 공복을 느꼈다면 그걸 베어 먹으면 된다. 그 사실을 깨우치기에 이 정도로 시간이 걸리다니 이 세계는 어딘가 이상하다. 이 이상 사고가 버그를 일으키기 전에 일찌감치 마왕을 쓰러트려야만 한다. 프림로즈는 패널을 조작해 레이더의 감도를 올렸고──.

《예엣?! 식사를 대접하고 싶다고요?》

《──?!》

대접이라는 말에 반응하여 그녀의 배가 꼬르륵하고 울었다.

6

"대접하고 싶다니 어째서……."

코타로는 곤혹스러워하고 있었다.

그도 그럴 것이, 처음 보는 남자가 만찬회에 초대하고 싶다고 말을 걸었기 때문이다. 경계하기에는 충분한 이유였다.

"아, 저는 수상한 사람이 아닙니다."

"아니, 수상하잖아."

"아뇨, 아뇨, 신원도 확실합니다. 몽토루 백작님에 대해선 알고 계시죠?"

"모르는데."

"야야!"

집사복을 입은 초로의 남자. 로맨스 그레이란 느낌이 드는 머리카락을 끄트머리까지 깔끔하게 매만진 수상한 사람은── 사람 상대하는 것에 익숙한 엑셀리아에게 완벽하게 홀대당하고 있었다. 하지만 그래도 프로는 미소를 지우지 않는다. 약간 입가를 움찔거리면서도 집사는 한 통의 편지를 꺼내 공손하게 코타로에게 내밀었다.

"오늘 아침에 리치를 쓰러트리신 건 당신이지요?"

"앗, 예."

"그 사령(死靈)에겐 제 주인이신 몽토루 백작님도 애먹고 계셨습니다. 몇 번이고 토벌대를 보냈지만 매번 당하기만 했죠."

"잔챙이."

"리아! ……죄, 죄송합니다. 계속해 주세요."

"예엡."

몽토루 백작이 보낸 사자의 얼굴이 점점 굳어지고 있었다.

이 이상 신경을 건들면 어찌 될지는 코타로라도 이해가 되었다. 엑셀리아는 그가 마음에 들지 않는 모양이었지만── 일단은 이야기라도 들어 보자. 그렇게 눈으로 말하며 코타로는 파트너를 조용히 시켰다.

"크흠. 아무튼 리치의 행태는 분하게 생각하고 있었지만 어떻게 해결할 수가 없었던 안건이었습니다."

"그렇군요! 그 리치를 용사님께서 쓰러트려 주셨으니 그 답례로 초대하고 싶으시다고요!"

"예."

초로의 집사가 이번에야말로 생긋 웃으며 끄덕였다.

이해는 되었다. 있을 법한 이야기다. 하지만 아무리 그래도 너무 행동이 빠르다.

코타로가 리치를 쓰러트린 건 불과 몇 시간 전이었다. 교외의 폐허까지 가는 길도 그럭저럭 거리가 있었다. 감시자가 있어서 그 자가 말을 타고 달려 백작에게 보고했을 수도 있지만―― 그렇다면 어째서 현지에서 접촉하지 않았는지. 왠지 모를 위화감을 느낀 코타로는 편지를 받으면서도 그 자리에서 대답하는 건 피했다.

"그럼, 오늘 밤, 기다리고 있겠습니다."

하지만 상대는 완전히 정해진 대로라는 태도였다.

평민이 귀족의 초대를 거절하는 건 있을 수 없다. 편지를 받은 이상 반드시 저택으로 와 줘야 한다. 설마 백작님의 체면을 깎지는 않으시겠지――? 같은 속뜻이 말 마디마디에 엿보이는 듯했다.

"성가시게 되었네."

"그러게……."

호사스러운 문장이 눌린 붉은 봉랍에 감촉 좋은 봉투. 돈 들인 티가 나는 초대장을 손으로 가지고 놀면서 코타로는 미간을 찌푸렸다.

"어떻게 할 거니? 갈 거야?"

"아무 일도 없을 거 같으면 기꺼이 초대에 응하겠지만 말이지."

말을 흐리면서도 이건 수상하다고 주장하는 코타로.

그도 초대를 없던 일로 하고 싶었지만—— 무시하거나 거절하면 그 귀족에게 무슨 짓을 당할지 모른다. 최악엔 범하지도 않은 죄를 뒤집어쓰고 투옥될지도 모른다.

해야 할 일이 남은 이상 행동을 제한받는 건 좋지 않다. 여기선 불 속에 뛰어드는 기분으로 만찬회에 나가는 편이 좋지 않을까. 하지만 그렇게 딱 잘라 생각하기엔 역시 불식하기 어려운 의심이 남아 있다.

"용사님! 이건 가야만 해요!"

코타로와 엑셀리아가 불안을 느끼고 있는 와중에 릴리엘만이 이상하게 긍정적이었다.

"꼭 환대를 받도록 하죠!"

후욱후욱 하고 거침 콧바람을 내는 흥분한 느낌의 릴리엘. 코타로의 활약이 다른 사람에게 인정받은 것이 자기 일처럼 기쁜 걸까?

"전부터 생각한 건데, 너 나쁜 남자에게 낚일 타입이지?"

"예엣?!"

"저렇게 수상한데 눈앞에 매달린 당근에 낚이다니…….."

"아니에요! 그렇지 않아요! 제대로 된 근거는 있어요!"

손을 붕붕 흔들며 그렇지 않다고 말하는 릴리엘.

그녀는 자신만만하게 가슴을 펴곤 백작을 믿을 만한 이유를 말했다.

"인도의 힘이 가리켰어요. 다음 목표는【몽토루 백작의 초대에 응해라】예요!"

"⋯⋯⋯⋯⋯⋯엑⋯⋯."

노골적으로 떨떠름한 표정을 짓는 엑셀리아.

무얼 위해서 프림로즈와 만났는지조차 모르고 있다.

그런데 목표만 계속해서 제시되어도 곤란하다. 그녀의 눈은 그렇게 말하고 있었지만⋯⋯.

"뭐, 호랑이 굴에 들어가야 호랑이 새끼를 잡는다는 거겠지."

"낙관적이네⋯⋯."

여전히 코타로는 인도의 힘을 믿는 모양이었다.

"수상한 기색이 충만하지만 분명 사실은 좋은 사람일 거예요. 어쩌면 여행의 지원을 약속해 줄지도 몰라요."

"아니, 아니, 그럴 리가 없지. 마왕의 함정이라고 생각하는 편이 오히려 자연스럽지 않니."

"그건 그것대로 빙고잖아."

"그것도 그렇네."

이러쿵저러쿵하면서도 최종적으로 초대에 응하기로 한 용사 일행.

과연 뭐가 튀어나올지――.

"부히히히히히힛!"

돼지가 나왔다.

"부힛! 어서 오시오. 오늘 밤을 부디 즐겨 주세요오."

그것도 어중간한 돼지가 아니다. 순수 배양된 브랜드 돼지다.

폭음폭식 탓인지 몸은 추하게 비대해졌고 손발은 햄처럼 부풀어 올라 있다. 입안에선 금니가 빛나고 눈은 진흙처럼 탁해 보였다. 거기에 무엇보다, 전혀 어울리지 않는 양 끝이 곱슬곱슬한 가발!

진짜 돼지에게 귀족의 옷을 입히는 편이 오히려 나았다. 몽토루 백작가 당주, 샤를 드 몽토루는 코타로마저도 무심코 식겁할 정도의 추남이었다.

"아까 했던 말 전부 취소할게요."

"응, 뭐……. 어쩔 수 없지."

릴리엘의 아련한 기대는 산산조각이 났다. 저게 착한 사람일 리가 없다.

"으으, 절대로 나쁜 사람이에요. ……뒤에서 노예 메이드가 시중 들고 있을 것만 같아요."

"예시 좋은걸."

"쉿……."

외모로 사람을 판단하지 말라고 흔히들 말하지만, 외견은 내면을 비추는 거울이기도 했다. 이번만큼은 그 말 그대로인 듯 샤를에게선 사악한 분위기밖에 느껴지지 않았다.

"자, 계속해서 요리가 나올 거예요오."

그렇게 말하며 샤를은 벨을 울렸다. 그러자 벽에 대기하고 있던 시종들이 바지런히 움직이기 시작했지만,

'넓어……'

애석하게도 식당이 너무 넓었다.

그도 그럴 게, 이곳은 유명한 몽토루 저택. 아발론의 저택가에서도 유달리 눈에 띄는 대저택이다. 정원이 있고 장미꽃밭이 있으며 분수가 있고 삼층 저택이 있다──. 이렇게 요소요소만 빼서 보면 다른 프랑세즈 귀족의 저택과 크게 다르지 않다.

다만 사이즈만큼은 규격을 벗어났다. 세로로도 가로로도 커다란 샤를에게 맞춰 전부가 넓고 여유가 있게 만들어져 있다. 그 덕에 몸집이 작은 릴리엘은 마치 자신이 난쟁이가 된 듯한 착각을 일으켰다.

거기에 더해 내부의 호화스러움은 또 눈이 부실 정도였다. 물론 나쁜 의미로.

길고 큰 식탁은 호두나무. 번쩍이는 샹들리에는 크리스털 소재. 벽에 걸린 램프도 식탁에 놓인 은제 식기도 전부가 일등급 소재로 만들어져 있다. 그게 오히려 천박한 인상을 주고 있다는 걸 샤를은 어디까지 깨닫고 있을까. 닥치는 대로 고급품을 모으고 자신 또한 금은보화로 장식하고 있는 귀족님께서는.

"세계 제일의 고급 돼지우리네."

"쉿!"

이곳에 있기만 해도 미적 감각에 흠집이 생길 것만 같았다. 엑셀리아는 진절머리를 내며 턱을 괴었지만 샤를은 신경 쓰지 않

고 히죽히죽 웃고 있었다.

"그럼 용사님의 활약을 축하하며…… 건배~!"

"""건배."""

유쾌해 보이는 건 샤를뿐이었다. 그의 맞은편에 앉은 코타로 일행은 꾸민 웃음마저 어색한 모습으로 물이 따라진 잔을 살짝 들 뿐이었다.

하지만──.

"어라? 이, 이거, 되게 맛있지 않아?"

"……진짜네."

"고급스러운 맛이 나요!"

샤를은 수상하고 저택은 악취미다. 그런데 요리만큼은 세련 되었다.

푸아그라 테린을 시작으로 그린 샐러드로 입가심하고 차가운 감자 수프, 갓 구운 빵으로 이어지는 흐름이 완벽하다. 이것만 큼은 엑셀리아도 감탄하여 입가를 누르며 으음 하고 신음을 흘 리고 있었다.

"나는 미식가라서 말이죠, 요리만큼은 신경 쓰고 있지요오."

히죽히죽 웃는 표정은 그대로였지만 이때만큼은 샤를에게서 위협이 느껴지지 않았다.

자랑할 수 있는 단 한 가지를 밝혔을 때 사람은 그처럼 순수함 을 내비친다. 거기엔 다른 의도도 음모도 들어갈 여지가 없다. 지금 샤를은 자신이 좋다고 생각하는 것을 다른 사람이 공감해 준다는 기쁨을 맛보고 있었다.

'어쩌면 좋은 사람일지도……?'

보기에 따라선 어린애 같은 꾸밈없는 웃음을 짓는 샤를.

그의 웃는 얼굴을 보고 있자니, 또 그가 대접한 요리를 먹고 있자니, 릴리엘의 생각이 점점 바뀌어 갔다. 딱 봐도 악인 같은 겉모습에 현혹되었지만 처음 보는 상대를 이 정도로 환대한다. 근본은 착한 사람일지도 모른다. 보기와는 다르게 좋은 사람일지도 몰랐다. 코타로 일행을 초대한 건 어디까지나 선의이며 리치를 쓰러트려 줬다는 명목도 실은 사실이고——.

뭐, 그럴 리가 없지만.

"어버버버버……?!"

몇 분 후, 코타로 일행은 바닥에 엎어져 있었다.

몸이 마비되었다. 생각대로 움직이지 않는다. 고전적인 방법이었지만 설마 이건——.

"이, 이건 독인가……. 요리에 탄 건가……."

"키익! 그런 짓은 안 해요! 난 미식가니까요."

"그럼……."

"요리가 아니라 물에 조금—— 지효성의 독을 말이죠. 부힛!"

샤를이 자리에서 일어나 푸릉푸릉 턱 살을 떨면서 천천히 코타로에게 다가간다. 그 얼굴에는 더 이상 꾸민 웃음이 없다. 단지 가학적인 유쾌함만이 떠올라 있었다.

"그나저나 용사인가요오."

일부러 발소리를 크게 울리며 샤를은 코타로 일행의 근처를 어슬렁거렸다.

"가끔 있단 말이죠오……. 자기가 용사라고 착각하는 어리석은 자들이."

끈적끈적한 목소리를 처바르듯 샤를은 코타로 일행에게 속삭인다.

"곤란해요, 그런 짓을 하면. 리치 씨는 좋은 비즈니스 파트너였는데…… 부르르, 그것도 당신들 때문에 망쳐 버렸어요."

"비즈니스라고? 무슨 말이지……?"

"……둘이 짜고 친 사기라는 소리겠지. 어차피."

"부힛! 정답! 이거 참 영리한 아가씨군."

샤를은 유쾌한 듯 손뼉을 쳤다.

둘이 짜고 친 사기——. 그렇다, 리치는 샤를의 거래 상대였다.

"리치 씨가 적당히 소동을 일으키면 그걸 내 직속의 병사들이 막는다. 이게 점수 따기에 상당히 좋단 말이죠오."

안온한 아발론 주변 지역에서는 문제 자체가 일어나기 힘들다.

마물도 나오기야 나오지만, 기본적으로 평화롭고 평온하며 살기 편하다——. 그래서는 곤란한 사람이 여기에 있었다는 소리다.

"뭐, 어차피 리치 씨도 제거할 예정이었지만……."

공적을 올리기 위해 마물을 이용하고 가치가 없어지면 용서 없이 잘라 버린다.

"그래도 예정을 망친 당신을 내버려 둘 수는 없지요오."

방해자를 표면화해서 처리하지 않고 어디까지나 비밀리에 매장해 버린다.

"개인적인 사정이라 미안하지만…… 부힛! 그럼 작별을 하는 걸로."

"큭……!"

그야말로 악당이다. 뼛속 깊은 곳까지 검게 물든 극악한 악당이다.

이대로라면 세 사람 모두 비밀리에 처리 당하고 만다. 그것만은 피해야 하지만 애석하게도 손도 발도 마비되어 움직이지 않는다.

'리아의 힘을 빌릴까? ……아니, 너무 위험해.'

타개책이 없는 건 아니었지만 그건 마지막의 마지막에 다른 수단이 남지 않았을 때 쓸 비장의 카드. 안이하게 의지해서는 안 되며 쓰지 않는 게 최선이었다. 다른 가능성이 있다면 조금이라도 거기에 거는 편이 좋다. 그렇게 생각하고 코타로는 주변을 둘러보았지만…….

'……안 돼! 이곳은 녀석의 소굴이야!'

코타로는 몽토루 저택을 호랑이굴로 빗댔었지만, 이곳은 그런 손쉬운 장소가 아니다.

샤를을 왕으로 모시는 악당들의 소굴──. 몇십 명이나 되는 하인들은 눈썹 하나 꿈쩍하지 않고 묵묵히 벽에 대기하고 있다. 요리를 가져온 급사마저도 빈 접시를 정리해서 이미 주방으로 들어갔다. 이런 일은 일상다반사였다. 일일이 야단스럽게 놀라는 사람은 없었으며 또 참견하는 사람도 없었다.

"그 리치 씨를 쓰러트리다니 상대는 실력자. 나도 방심하지 않고 상대하지요오!"

"안 돼애애애! 용사니이이임!!"

'이제 다 틀렸나⋯⋯!'

코타로가 망설이고 있을 때 샤를은 하인에게서 망치를 건네받고는 그걸 기세 좋게 들어 올렸다. 이걸로 머리를 깨부수려는 것이다. 그 행동을 내버려 둬서 수박처럼 쪼개지는 건 견딜 수 없다. 코타로가 각오를 하고 검의 칼자루에 손을 대자――.

"⋯⋯우와아아아아아악!!"

중후한 문을 뚫어 버리며 조금 전에 나갔을 터인 급사가 굴러들어왔다.

"히이익?!"

이어서 문 그 자체를 날려 버리며 안쪽에서 무언가 거대한 것이 다가왔다.

"뭐, 뭐냐⋯⋯? 저건⋯⋯!"

은색 장갑. 두툽고 묵직한 손발. 골렘으로 잘못 볼 정도의 거구가 느릿느릿 식당으로 들어왔다. 그리고 꽃이 피듯 한 명의 소녀를 꺼내고――.

"정말이지 보고 있을 수가 없네요."

"프림!!"

나타난 건 떠났을 터인 프림로즈였다.

그녀는 자세 좋게 유닛에서 내려서더니 주변의 시선은 신경 쓰지도 않고 코타로를 향해 다가갔다. 그 손에는 알약이 들어 있는 케이스를 쥐고 있고—— 그것이 해독약이라는 건 얼빠져 있던 샤를의 머리로도 이해가 되었다.

"다가가게 하지 마라! 다들 공격해라, 공격해!!"

주인의 목소리에 정신 차린 하인들은 먼저 정지해 있는 유닛을 향해 달려들었다.

탑승해서 조종하는 기묘한 골렘이긴 했지만 억눌러 버리면 어떻게 못 할 것이다. 침입자를 결박하기 위해 마법의 동아줄도 준비해 뒀다. 아무리 힘 좋은 골렘이라고 해도 이렇게까지 당하면——.

"정말 답이 없네요."

하인들이 승리를 확신했을 때 프림로즈의 차가운 목소리가 울려 퍼졌다.

"그건 어디까지나 이동수단입니다. 병기가 아닙니다."

"……허세 부리는 거다!"

"아니요, 그렇지 않습니다. 어째서냐면."

프림로즈가 쓱 하고 오른손을 들자 유닛은 빛으로 둘러싸여 사라졌다.

이어서 그녀가 오른손을 옆으로 미끄러트리자 그 양팔이 빛으로 덮이기 시작하고——.

"제가 바로 병기이자 유일하고 절대적인 전력입니다."

이윽고 밝은 녹색 빛도 사라질 무렵. 프림로즈의 양팔에는 울퉁불퉁한 건틀릿이 장착되어 있었다. 아니 그뿐만이 아니다.

그녀가 또다시 오른손을 휘두르자 이번엔 거대한 망치가 전이
되었다──.

"범용 인간형 병기 프림로즈. 전투 모드 기동."

신장을 넘는 거대한 망치. 녹색 바탕의 색은 프림로즈의 옷 색
과 같아서 그것만으로도 그녀의 전용 무기라는 걸 알아볼 수 있
었다.

"상황, 개시합니다."

"히이익?!"

──겉보기만 그럴싸한 거다!

순간적으로 샤를과 그의 하인들은 그것이 연극 소도구라고 생
각했다. 조금 전 사라진 골렘처럼 속은 비었고 가벼운 소재로
만들어져 있을 것이라고. 하지만 희미한 희망은 바닥의 목재와
함께 산산조각이 났고 그들은 참지 못하고 비명을 질렀다.

그저 바닥에 내려놨을 뿐인데도 저 충격. 쿵 하고 배를 울리는
중저음. 틀림없다. 저것은 진품이고 저걸 사용하는 소녀의 힘
도 진짜다.

"우, 우와아아아아아아아아악?!"

"히익?!"

한 명이 도망가기 시작하면 이어서 그 뒤를 따르는 법이다. 활
짝 열린 입구로 하인들이 일제히 도망간다. 주인은 신경도 쓰지
않는다. 되돌아오는 자는 없다. 비만인 샤를은 달리지도 못해
서 결국 혼자 남겨졌다──.

"……자아, 그럼."

"파르르르르?!"

발소리가 멀어지는 걸 확인하고 프림로즈는 샤를을 향해 돌아섰다.

"당신은 주모자입니다. 당연히 놓치지 않겠습니다."

"힉, 히이, 이이……!"

자신이 쓰려고 하던 것과는 전혀 다르다. 훨씬 더 폭력적이고 파괴 외엔 용도가 없는 거대한 망치. 그 망치의 머리 부분으로 샤를의 배를 찰싹찰싹 두들기자 개구리 같은 기묘한 소리를 내뱉었다.

"마스터께서도 주의가 부족하셨습니다만 그렇다고 당신의 죄가 용서되는 건 아닙니다. 이대로 경비병에게 넘기겠습니다."

"힉, 히이, 부힛, 힉, 히히힉."

"……? 실성하셨습니까?"

공포에 떨며 체념하고 눈물까지 흘리고 있던 샤를. 그런 그가 어찌 된 일인지 웃음소리를 내기 시작했다. 프림로즈는 정신 상태를 의심 했지만,

"경비병! 경비벼엉?! 푸훗!"

샤를은 참지 못하겠다는 듯이 껄껄 웃기 시작했다.

"그 녀석들의 상사는 내 친구다! 재판관과 교회와도 이미 교섭 끝!"

이 녀석은 자신을 죽이러 온 게 아니다. 잡으러 왔다. 그렇게 판단한 샤를은 갑자기 당당해져서 프림로즈의 무력함을 비웃었다.

"여기서 나를 잡아도 아무것도 변하지 않는다! 그 큰 망치를 내리치면 백작을 죽인 대역 죄인이다! 어느 쪽이든 네놈들에게 미래는 없다! 나의 승리다!"

자신의 권력을 과시하여 상대가 자포자기하는 것도 방지하려고 하는 샤를.

혀에 기름칠한 듯 주절주절 떠들어대는 상대에게——프림로즈는 흔들리지 않았다.

"그렇습니까. 하지만 어차피 당신은 끝입니다만?"

"부힛? 그게 무슨……."

질문에 답하지 않고 프림로즈는 창가로 이동했다.

그리고 커튼을 열고 묵묵히 창밖을 가리켰다. 그러자 그곳에는,

《리치 씨가 적당히 소동을 일으키면 그걸 내 직속의 병사들이 막는다. 이게 점수 따기에 상당히 좋단 말이죠오.》

밤하늘에 입체 영상이 떠올라 있었다.

"푸허어어어어어억————?!"

크고 은은하게 빛나는 그건 간계를 밝히는 샤를의 모습이었다. 잘못 볼 리가 없을 정도로 선명하게 비친 입체 영상에 저택 밖에서는 술렁거림이 커지고 있었다.

"홀로그램입니다. 이곳에서 촬영한 모든 것을 왕도 하늘에 상영해드렸습니다."

"뭐, 뭐뭐뭐뭐뭐……?!"

"물론 반복 재생입니다."

"히이이이이이익?!"

은밀히 코타로를 미행시켰던 부속 기체. 메뚜기처럼 생긴 소형 정찰기를 손바닥 위에 올린 프림로즈는 무자비하게 내뱉는다.

"도중에 다른 곳에 들러서 비밀장부까지 발견했습니다. 이걸로 발뺌은 못 하겠지요."

"힉, 부글부글부글……."

체크메이트였다.

여기까지 사건이 커져 버리면 백작가의 힘으로도 몰래 수습할 수 없다.

시민들과 왕은 격노하고 줄줄이 잡혀갈 걸 두려워한 동료들은 분명 시치미를 뗄 것이다.

그걸 깨달은 샤를은 마침내 거품을 물며 실신했고 그걸 확인한 프림로즈는 들고 있던 망치를 내렸다.

"상황 종료. 전투 모드, 해제합니다."

그 말에 맞춰 건틀릿과 망치가 사라졌다.

프림로즈가 가지고 있는 【창고】에 수납된 것이다. 각종 장비와 무기 탄약, 【차원 간 항행 유닛】도 수납된 4차원 공간. 그곳에 접속할 수 있는 그녀는 언제나 차림새가 가볍다. 지금도 머플러를 너풀거리며 코타로 일행을 향해 다가오고 있다.

"덕분에 살았어."

"아니요. 처음부터 그러기 위해서 이 세계로 왔으니 신경 쓰지 마시길."

그리고 해독약을 코타로 일행에게 투여한 프림로즈는,

"그렇지만 너무 주의가 부족합니다. 제가 없었으면 어쩌실 생각이셨습니까."

나무라듯 코타로를 힐끔 쏘아봤다.

"윽, 미, 미안해……."

확실히 그녀의 말대로다.

인도의 힘이 알려 줬다고는 해도 그 길이 안전하다고만은 할 수 없다. 릴리엘이 알려 주는 건 어디까지나 《무엇을 하면 좋은가》뿐이었다. 목표의 주위에 숨죽인 위험에도 주의를 쏟을 필요가 있으며 이번 건은 피할 수도 있었던 위험이었다.

"어떻게든 되겠지. 어떻게든 할 수 있겠지. 그런 불안정한 여행을 계속하다 보면 언젠가 또 같은 잘못을 반복하게 됩니다."

"말씀대로입니다……."

"당신도 당신입니다. 함께 행동하는 것만이 동료가 아닙니다. 때로는 한 발짝 물러서서 쓴소리를 하는 것도 필요합니다."

"벼, 변명할 말이 없어요……."

담담하게 설교하는 프림로즈 앞에서 코타로와 릴리엘은 자연스럽게 정좌를 하고 앉았다. 엑셀리아만은 아무렇지도 않게 검속으로 모습을 숨겼지만── 같은 방법을 쓰지 못하는 두 사람은 그저 몸을 웅크리고 엄격한 말을 듣고 있었다.

"하아……."

부모에게 혼난 아이처럼 몸을 위축시킨 두 사람을 보고 프림로즈는 작게 한숨을 내쉬었다. 이 작은 한숨 소리에마저도 움찔거리며 몸을 떠는 코타로와 릴리엘을 본 프림로즈는 마침내 참지 못하고,

"이래선 내버려 둘 수도 없습니다. 비효율적이지만 저도 동행하겠습니다."

라는 말을 꺼냈다.

"어? 그럼…….."

"동료가 되겠다는 말입니다."

"정말로?!"

"잘되었네요, 용사님!"

말 그대로 양손을 들며 기뻐하는 코타로와 릴리엘.

희로애락의 변화가 급격하고 바이탈 사인도 일정하지 않다. 역시 인간이란 불안정한 생물이다. 자신이 달라붙어서 똑바로 서포트해야만 한다. 이해 안 된다는 표정으로 두 사람을 바라보면서도 그렇게 결의한 프림로즈는 문득 그들에게서 시선을 떼고,

"그나저나 이런 것에 방심하다니…… 이해할 수가 없군요."

손대지 않은 음식이 놓인 식탁을 봤다.

메인 디시는 고기 요리. 아직 은은하게 김을 내는 오리 콩피. 소금과 허브를 발라 기름에 절이는 독자적인 기법은 고기를 부드럽게 하고 풍미를 풍부하게 한다. 그렇게 시간과 정성을 들인 음식을 프림로즈는 무심코 집어 들었다.

"이런 거에…….."

그리고 그대로 덥석 물어뜯곤 유쾌하지 않다는 듯 씹었다.

'봐요. 별거 아니잖아요.' 라고 말할 생각이었을까.

그런 것치곤 상태가 이상하다. 계속해서 접시에 손을 뻗고 있다.

프림로즈는 아무 말도 하지 않고 묵묵히 음식을 먹었고──.

그걸 깨달은 코타로는 식당에서 본 그녀의 모습을 떠올리곤 목소리를 높였다.

"역시 너도 먹고 싶었던 거잖아!"

"아닙니다. 그렇지 않습니다."

"아니, 그래도 그렇게 입에 잔뜩 집어넣고!"

"자원을 소중히 하는 것뿐입니다. 다른 의도는 없습니다."

정신없이 요리를 밀어 넣어 햄스터처럼 볼이 빵빵해진 프림로즈.

작은 최종 병기는, 지금만큼은 어린애처럼 고개를 저었다.

용사 일행 유람 여행

막간극 「인연이 있어서」

악덕 귀족 샤를이 경사스럽게 오랏줄에 묶인 날 저녁.

목욕을 끝내고 잠옷으로 갈아입은 후 이불 속으로 들어간 릴리엘은——.

같은 방에서 자는 새로운 여행 동료에게 슬쩍 말을 걸었다.

"프림, 프림. 아직 깨어 있어?"

"동작 확인. 슬립 모드 해제. 통상 모드로 이행합니다."

"으, 으응?"

위잉위잉 기계적인 소리가 들린다 싶더니 누워 있던 프림로즈가 몸을 일으켰다. 이어서 릴리엘에게 향하는 반들반들한 잿빛 눈동자. 예상한 것과는 상당히 다른 파자마 토크의 시작에 릴리엘은 위축되었다.

"미, 미안해. 잠 깨운 거야?"

"문제없습니다. 병기에게 수면은 불필요합니다. 자는 것처럼 보여도 언제라도 응답 가능한 상태입니다."

"그런 거치곤 엄청나게 기분 안 좋아 보이는데?"

"문제없습니다."

노골적으로 싫은 표정을 하는 프림로즈. 잠에서 깨는 게 참으로 힘들어 보이는 생체병기는 눈을 끔벅끔벅하고 있었다.

"자, 잠드는 게 빠르구나?"

"……이 이불이 푹신하니까…….."

프림로즈는 원망스러운 듯 중얼중얼 중얼거리면서 침대를 탁탁 두들겼다. 그 모습이 앳된 모습과 어울려서 릴리엘은 어쩐지 그녀에게 친근감을 느꼈다.

하지만 동시에 신경이 쓰였다. 평범한 여관 침대에 이 정도로 치유받다니—— 그녀는 어떤 생활을 보내고 있었던 걸까?

신경 쓰지 않을 수 없었던 릴리엘은 본인에게 직접 물어보기로 했다.

"저기, 프림이 있던 세계는 어떤 곳이었어? 역시 무서운 곳?"

"무섭다는 감정은 모르겠습니다만 적이 부족하지는 않던 세계였습니다."

"적?"

"인류의 천적. 그저 파괴만을 위해 활동하는 미친 기계 무리. 저는 그 기계에 대항하기 위해 태어난 생체 병기였고 매일같이 싸웠습니다."

"아……."

"싸우고, 싸우고, 싸우고, 싸워서. 정신이 아찔해질 정도로 싸워서……"

담담히 말했기에 릴리엘은 공포에 떨었다.

만약 이 세계에 몇억, 몇십억의 마물이 있다고 한다면 어떻게 되겠는가. 인간은 물론 살아남기 위해 검을 들 것이다. 하지만 마물의 수가 많다. 군대만으론 부족하다. 여자도 아이도 노인도 모두 싸우지 않으면 상대할 수 없다. 그럼에도 역시 마물의 수가 많아서 쓰러트려도 쓰러트려도 전혀 줄질 않지만, 그래도 손을 멈추면 모두 죽어 버리기에——.

코타로가 말한 지옥을 이제야 겨우 이해한 기분이 들었다. 동시에 밀려오는 커다란 공포를 느낀 릴리엘은 이불 속에서 몸을 꽈악 감싸 안았다.

"하지만 마스터께서 싸움을 끝내 주셨습니다. 기계 무리의 마스터 프로그램은 파괴되었고 저는 싸움에서 해방되었습니다."

"그렇구나……."

어딘가 기쁜 듯이 말하는 프림로즈에게 릴리엘은 애매한 미소를 보냈다.

그리고 밝게 행동하려 노력하면서 다른 화제를 꺼냈다.

"그나저나 대단하네. 기계? 그걸 쓰면 다른 세계로도 갈 수 있구나?"

신도 아니면서 다른 세계로 이동하다니 옛날이야기 같다. 도구를 사용했다고는 해도 그것이 얼마나 대단한 건지. 그게 아무래도 신경 쓰였다.

"일반적으론 불가능합니다. 차원 간 항행은 무척 섬세한 영역입니다. 자유자재로 다른 차원을 왔다 갔다 하는 건, 적어도 저는 하지 못합니다."

"어? 하지만 프림은 여기 왔잖아?"

"마커가 있었기 때문입니다. 그것이 있으면 차원 간 항행의 난이도는 크게 낮아집니다."

"마카?"

"자신과 관계가 깊은 사람이나 물체. 그것이 표적…… 마커가 됩니다."

"……!"

그렇구나, 프림로즈는 인연을 따라서 여기까지 온 것이다.

그렇게 생각하자 멋진 느낌이 들어서 릴리엘은 자기도 모르게 웃음을 지었다.

"어라, 근데 용사님께서 마카라면 앞으로도 누군가가 오는 거 아니야?"

"그 기술을 가진 자는 한정되어 있습니다만 가능성은 있습니다."

"하, 하지만 그게 전부 아군이라고 한정할 수는 없지?"

"가동 한계를 확인. 신체 유지를 위해 슬립 모드로 이행합니다."

"자, 잠깐만?!"

어쩌면 라이벌이나 숙적마저도 나타나는 건 아닌가——.

세계 평화를 위해서라도 여행을 빨리 끝내야겠다고 맹세하는 릴리엘이었다.

제3장 수증기 연정 편

1

다음 날 아침의 거리는 소란스러웠다.

반복해서 재생된 입체 영상. 뿌려진 비밀 장부와 부정의 증거. 전부터 수상하다고 의심받던 몽토루 백작은 누구에게도 변호받지 못한 채 어이없이 체포되고 말았다.

악덕 귀족이 체포되는 그 일련의 흐름에 아발론 시민들은 들끓었다.

"의적인가?"

"괴도인가?"

"어쩌면 잠복 수사관일지도 몰라."

연극과 이야기에서 흔히 나오는 정의의 편이 나타났다고 그들은 말한다.

근거도 없는 이야기였지만 '샤를 체포'가 윗분들에 의한 검거였다면 지금과는 다른 반응을 보였을 터였다. 소문을 즐긴다 해도 좀 더 현실미가 있는 이야기를 했을 것이다.

하지만 누가 했는지, 어떻게 했는지 당최 짐작이 가지 않는다.

공식적인 발표는 아직 없고 처리를 담당한 경비병까지도 고개를 갸웃거렸다. 그렇다면 의협심이 충만한 사람들이 야음을 틈타 탐관오리를 털었다——라는 생각이 나오는 것도 이상하지 않은 이야기였다.

"식생활이 탈이 되어 혹 가 버릴 거로 생각하고 있었는데……그렇군, 그 돼지 암살당했나."

"아니, 아니, 안 죽었다니까."

너무나 놀라운 사건에 오해와 유언비어가 횡행했지만—— 이런 건 큰 사건에는 언제나 따라오는 법이다. 지금은 난무하고 있는 엉뚱한 의견도 때가 되면 무난한 결론으로 집중되겠지.

"오늘도 떠들썩하네."

자, 그렇게 아발론 시민들이 크게 들끓고 있는 와중에.

몽토루 백작 체포의 주역은 태평하게 거리를 거닐고 있었다.

"오옷, 프림! 저기에 멍멍이가 재주넘고 있어!"

"보러 가죠, 마스터."

중앙 시가지의 번화가. 용사 일행은 마차 네다섯 대가 나란히 달려도 여유가 있는 길을 따라 북쪽으로 나아가고 있다.

"헤에~, 아이스크림도 팔고 있어. 사 볼까?"

"함께하겠습니다, 마스터."

코타로와 프림로즈가 일일이 발을 멈추기에 이동에 진전은 없었지만——.

"~ ♪"

이 여행의 안내인 릴리엘의 얼굴은 이상하게 밝았다.

"저기, 괜찮아?"

"뭐가요?"

"어제까지만 해도 딴 길로 새지 말아 달라는 소리 했었잖니?"

"아, 그거 말씀이신가요. 괜찮아요, 괜찮아요. 조금 정도는!"

"에에……?"

지금이라도 날아갈 것처럼 들떠 있다. 발걸음도 가벼운 릴리엘은 이전과는 다르게 관대했다.

"마침내 포기한 거니? 제어 못 한다고."

"아뇨, 아니에요! 그게 아니라…… 에헤헤."

"……빨리 대답하렴."

"으익?! 아야야야야야?!"

엑셀리아는 릴리엘의 머리를 한 손으로 덥석 잡아 그대로 들어 올렸다. 다른 사람의 질문에 대답하지 않고 혼자서 실실거리며 웃으면 당연히 그렇게 된다. 하물며 상대는 엑셀리아였다. 무시하기엔 너무 위험한 소녀였다.

"죄, 죄송해요. 좀 들떴어요."

"알면 됐어."

공포의 아이언 클로에서 해방되어 납작 엎드린 릴리엘.

거친 숨을 내쉬는 그녀에게 엑셀리아는 어디까지나 우아하게 물었다.

"그래서? 어떻게 된 거니?"

"그, 그게 말이죠……."

허둥대며 자세를 똑바로 하고 릴리엘은 손짓 발짓을 하며 말하기 시작했다.

들떠있던 이유를. 조금 정도는 샛길로 새도 상관없다고 판단한 이유를.

"생각해 보세요. 제 인도의 힘 말인데…… 이제까지 제시한 목표가 완벽하게 연결되어 있지 않나요?"

"그랬던가?"

"그랬어요! 리치를 쓰러트려서 백작에게 찍히게 되었어요. 백작의 초대에 응해서 프림이 동료가 되어 주었어요."

"그러고 보니……."

그럴지도 모른다. 엑셀리아가 즉흥적인 변덕이라고 평한 목표가 하나의 길이 되어── 있을지도 모른다.

"그러니까, 역시 인도의 힘은 옳았던 거예요!"

불안했던 건 엑셀리아만이 아니었던 모양이다. 그럴듯한 법칙을 발견해서 릴리엘 본인도 그 누구보다도 안심하고 있었다. 힘이 가리킨 목표에는 의미가 있다고 자신을 되찾은 그녀는 이제 용사가 샛길로 새는 정도는 신경 쓰지 않았다.

"안심해 주세요. 조금 한눈을 팔아도 제가 빈틈없이 이끌 테니까요."

엣헴! 하고 호언장담하는 릴리엘. 자랑스럽게 뽐내는 소녀에게 엑셀리아는…….

"으히이이이이익?! 히잉! 왜효!"

"조금 발끈해서 그래."

당연하다는 듯이 볼을 꼬집었다.

탱글탱글한 볼을 잡고 꼼지락꼼지락 움직이는 엑셀리아. 우쭐한 사람이 그 무엇보다 더 싫은 사디스트는 화풀이하듯 천사의 볼때기를 주물러 댔다.

"그래서? 일단 네 힘이 진짜라고 하고, 이제부터 어떻게 되는 거니?"

"우우……. 제, 제가 생각하기에 말이죠."

엑셀리아의 마수로부터 해방된 릴리엘은 볼을 누르면서 질문에 답했다.

"어젯밤에【볼비스로 향하는 마차에 탄다】라고 떠올랐어요. 프림을 동료로 삼고 처음으로 제시된 목표예요. 그러므로 볼비스에는 프림이 없으면 쓰러트릴 수 없는 적, 넘을 수 없는 벽이 기다리고 있는 게 아닐까 해요."

"흐응……."

이 평화로운 세계에 그 정도의 적이 있을 거라곤 생각되지 않지만―― 어젯밤의 일도 있다.

방심과 자만심이 초래한 미스가 코타로를 위험에 빠트릴 수도 있겠지. 기계처럼 냉정한 프림로즈가 있으면 그런 위기를 회피할 수 있을 것이다.

"마스터. 야옹이입니다. 길 야옹이가 우호적 접촉을 꾀하고 있습니다."

"오옷, 애교 많네."

'……괜찮으려나.'

벌써 이 세계에 빠져 버렸지만 코타로보다는 온, 오프가 확실한 소녀이다. 무엇보다 강함은 확실하다. 약간의 불안을 떨치지 못하면서도 엑셀리아는 릴리엘의 인도에 따르기로 했다.

"자, 마차에 타긴 했는데…… 릴리, 다음 목표는 떠올랐어?"

"잠시만 기다려 주세요."

왕도에서 역마차에 타서 도로로 나오자 코타로가 말을 꺼냈다.

그 말을 듣고 릴리엘은 관자놀이에 손가락을 대고 생각에 잠긴다. 인도의 힘이 이제부터 무엇을 가리키는가. 다음 목표는 무엇인가. 코타로와 엑셀리아는 마른 침을 삼키고 그것을 지켜봤다.

"과연, 이것이 그녀의 내비게이트 능력……. 효과가 있는지 없는지 객관적으로는 전혀 알 수 없군요."

"그렇지?"

"야야."

신입인 프림로즈의 입에서 아무렇지도 않게 신랄한 말이 튀어나왔다. 릴리엘은 거기에 악의가 없다는 걸 안다. 하지만 역시 미묘하게 상처받아 창백한 얼굴을 하면서도 필사적으로 목표를 계속 찾았다.

"나왔어요!"

집중한 보람이 있었는지 바로 릴리엘은 얼굴을 들었다.

진지한 표정이다. 그에 이끌려 코타로 일행도 한층 더 긴장했다.

쥐죽은 듯이 조용해진 동료들의 시선을 받으며 릴리엘은 주먹

을 꽉 쥐고,

"다음은【그 땅에서 기다리고 있는 시련을 넘는다】예요!"

하고 소리 높여 말했다.

"시련을 넘는다고."

장엄한 뉘앙스에 코타로의 표정이 딱딱해진다.

"시련이라고 해도 어차피 별거 아니지 않을까?"

"아니요, 시련은 시련입니다. 인도의 힘은 어설픈 걸 시련이라고 표현하지 않아요. 지극히 난이도가 높은 목표라고 생각됩니다."

엑셀리아가 적당히 말하자 릴리엘은 엄숙한 표정으로 고개를 젓는다.

"적어도 프림이 없으면 달성하지 못할 정도의⋯⋯."

"그렇구나⋯⋯."

지금까지 지나온 길은 하나의 선으로 이어져 있다.

그렇다면 이제부터 나아갈 길도 그 연장선에 있겠지.

프림로즈를 동료로 삼으려고 일부러 이틀이나 걸리게 한 거라면―― 이번 시련을 넘기 위해서는 반드시 그녀가 필요해진다. 그렇게 판단한 코타로는 열쇠가 되는 프림로즈를 보고 고개를 끄덕였다.

"기대하고 있을게, 프림."

"전력을 다하겠습니다."

코타로의 눈을 똑바로 바라보며 프림로즈도 마주 끄덕였다.

말이 아니라 행동으로 신뢰에 응하겠다고 그녀의 눈은 말하고 있었다.

"시련이 기다리는 땅, 볼비스인가……."

마주 앉는 4인 객석, 상자 형태의 차량 밖에는 개양귀비가 핀 들판이 펼쳐져 있다.

붉고 작은 들꽃의 배웅을 받으면서 마차는 볼비스를 향해 나아간다.

그 앞에 거대한 시련이 있을 걸 예감하며 코타로는 동료들을 격려했다.

"좋아, 모두 힘을 합쳐 힘내자!"

"오오!"

기운 좋게 응한 건 릴리엘 뿐이었지만──.

코타로는 다른 두 사람의 굳은 의지도 확실히 느끼고 있었다.

환상세계 아이리스 가든. 엑셀리아가 미적지근하다고 단언한 평화로운 낙원.

하지만 분명한 위협을 품고 있는 이세계에서 용사는 이번에야말로 시련에 맞선다.

"도착했어요."

"좋아, 가자!!"

반나절 정도 흔들리는 마차를 타고 드디어 목적지에 도착한 용사 일행.

그들은 여세를 몰아 기세 좋게 마차에서 뛰쳐나가서──.

"""볼비스에 어서 오세요!"""

묘령의 여성들에게 환대를 받았다.

"·················허?"

낙낙한 원피스에 두꺼운 에이프런. 색은 다르지만 비슷한 옷을 입은 여성들은 활짝 웃으며 코타로 일행에게 다가왔다.

"숙소는 정하셨나요?"

"저희는 4인실이나 2인실 두 개도 준비 가능해요."

"아니죠, 아니에요. 볼비스에 오셨다면 저희 여관이죠."

잘 보니 역마차의 정류소, 산기슭의 원형 교차로에는 여기저기서 같은 광경이 펼쳐지고 있었다. 마차에서 내리는 남녀노소들과 그들을 환대하는 여자들. 그들은 곧바로 몇몇 그룹으로 나뉘어서 어딘가로 떠났다.

마차 안에서는 몰랐지만 아무래도 볼비스는 골짜기에 세워진 마을인 모양이었다.

안쪽을 향해 이어지는 산들, 그 사이에 흐르는 강을 따라 몇 채의 집이 세워져 있다.

도회처럼 비좁지는 않다. 밀치락달치락하며 꽉꽉 채워서 지어진 아발론의 거리보다 훨씬 여유가 느껴진다. 이것이 여유이다. 도시에는 없는 시골의 개방감이다. 그 증거로 길 가는 사람, 돌다리를 건너는 사람, 길목에서 서 있는 사람 그 모든 사람들의 얼굴에 부드러운 표정이 떠올라 있다. 깎아지른 암벽, 초목이 무성한 숲, 그리고 여기저기에서 흔들리는 수증기를 다들 느긋하게 바라보고 있었다.

"온천마을이다!!"

끝에서 끝까지 꼼꼼하게 확인하고 그제야 소리를 지르는 코타로.

그 옆에서 하나같이 눈을 크게 뜬 소녀들.

그렇다, 이곳은 온천 마을. 프랑세즈 굴지의 휴양지, 볼비스.

용사 일행이 각오를 하고 향한 곳은 그 이름도 드높은 관광지였다──.

2

"아아아아아……. 녹는다아아아……."

"기분 좋네……."

밤하늘에는 무수한 별들이 반짝이고 지상에는 램프의 빛이 은은하게 켜져 있다.

골짜기에 자리잡은 마을에는 시원한 바람이 불었고 숲 내음은 낮의 무더움도 잊게 해 준다.

목욕물에 잠겨 있기에는 절호의 밤이다. 산의 경사면에서 내려다본 경치도 멋지다. 천장과 벽이 무너진 신전도 이렇게 목욕물을 흐르게 해 두면 훌륭한 노천탕이다. 역사를 느끼게 하는 예배당의 부지에서 코타로와 엑셀리아는 황홀한 표정으로 목욕물에 몸을 담그고 있었다.

"온천이란 건 이렇게 좋은 곳이었구나……."

"어머? 너 처음이었어?"

"그래. 대중탕에 가 본 적도 없어……. 어라, 리아는 아니야?"

"나는 한가할 때 이따금 갔었지."

"너무하지 않냐?"

"어머. 권하긴 했었잖아? 하지만 단련이 있다면서 거절한 건 너잖니?"

"그랬었나?"

"그랬어."

"그랬구나……."

"그랬어."

나란히 목욕탕에 몸을 담그고서 두서없는 대화를 하는 두 사람.

코타로는 가장자리에 기대어 밤하늘을 올려다보고 엑셀리아는 그를 미소 지은 얼굴로 바라보고 있었다.

어느새 회화는 끊겼지만 오래 알고 지내 온 두 사람에게는 침묵마저도 신경 쓰이지 않는다. 기분 좋은 정적에 둘러싸여 느긋한 시간이 흘렀고——.

"그러고 보니 시련이란 건 결국 뭐였을까?"

"글쎄?"

갑자기 진지한 얼굴이 되어 엑셀리아에게 물어보는 코타로. 그런 질문을 해도 곤란하다. 어째서냐면 아직 아무 일도 일어나지 않았기 때문이다.

"앗, 프림! 기다려!"

"보렴, 안내인이 왔어. 저 애한테 물어보지그래?"

"그렇지."

노천탕이 된 신전, 그 탈의실은 지금도 같은 용도로 사용되고 있다.

　예배당으로 이어지는 문의 건너편에서 코타로와 엑셀리아에게 친숙한 목소리가 다가오고 있다.

　"호오, 이곳이 노천탕. 오래된 시설을 재이용한 것이군요."

　"와아, 멋져라! 봐봐! 저기에서 맞은편 산이 보여!"

　이윽고 목제 스윙도어를 열고 두 소녀가 대욕탕에 나타났다.

　알몸에 유아 체형인 프림로즈. 소녀다운 몸에 수건을 두르고 머리카락을 푼 릴리엘. 전자는 흥미 깊게 노천탕의 구조를 확인하고 후자는 기쁘게 무너진 외벽으로 달려간다.

　은발과 금발. 철가면과 마구 바뀌는 표정. 기계 병기와 순백의 천사. 정반대인 요소만이 눈에 띄는 두 사람이지만 그래서 도리어 마음이 맞는 거겠지. 나이가 가까운 영향도 있을지도 모른다. 나란히 몸을 씻기 시작한 두 사람은 마치 자매 같았다.

　"아~ 좋은 목욕탕이야……. 천계에도 이런 곳은 없었어~."

　"그렇습니까?"

　"응, 그렇습니다. 이리스 님은 깨끗하고 새로운 걸 좋아하셔서 오래된 건 그다지 남아 있지 않아."

　"여러 번 버전 업을 하시는 분이시군요."

　"버져넙……?"

　먼저 와 있던 코타로와 엑셀리아를 깨닫지 못하고 탕에 몸을 담그고 걸즈 토크를 시작하는 두 사람.

　첨벙첨벙 약한 물소리를 내면서 이런저런 잡담을 하는 소녀들은 자못 즐거워 보였다. 아니 그렇게 보이는 건 릴리엘 뿐이지만—— 프림로즈도 지루하지는 않은지 스스로 화제를 꺼내곤 했다.

알몸으로 친교를 나눈다는 말 그대로 두 사람은 같은 탕에 몸을 담그고 친목을 다지고 있었다.

말을 걸 기회를 놓친 것도 있지만, 그녀들 사이에 껴드는 것도 좀 꺼려진다.

그렇게 생각한 코타로는 그저 릴리엘과 프림로즈를 바라보기만 했지만…….

"……음?"

"아…….."

문득 시선을 옮긴 프림로즈와 눈이 맞았다.

"마스터께서도 입욕 중이셨군요."

"헤? 마스터라니……."

수치심과는 연 없어 보이는 소녀가 평소와 마찬가지로 말을 건다. 그러자 거기에 이끌린 릴리엘이 시선을 옆으로 돌려서,

"엑, 에에에에에에에엑?!"

바로 코타로를 발견하곤 큰 소리를 냈다.

"엑, 엑?! 어, 어째서 용사님께서?!"

홍당무처럼 얼굴을 시뻘겋게 물들이고 수건으로 앞가슴을 가리는 릴리엘. 지나친 부끄러움에 목욕탕에서 일어서지도 못하는 그녀는 계속해서 비명 같은 목소리를 내었다.

"여기 여탕인데요?!"

"아니, 혼욕이니까."

"에에에에에에엑?!"

떠들썩한 소녀였다. 조금 전까지 유유자적하게 있던 엑셀리아도 분위기 깨졌다는 듯 눈살을 찌푸리고 있었다. 말로 하지는 않았지만 프림로즈도 같은 기분인지 그녀는 양쪽 귀를 손으로 막고 있었다.

"저, 저, 틀림없이 여탕인 줄!"

"욕의와 수건이 준비되어 있었잖니? 둘 중 하나를 써서 몸을 가리라는 건 즉, 혼욕이란 소리야."

"아니, 저처럼 부끄럼타는 사람을 위한 걸로 생각해서……."

"얼마나 순진한 거니."

엑셀리아도 이성 앞에서는 속살을 숨긴다. 오래 알고 지낸 코타로가 상대라도 그건 변하지 않는다. 부끄러움과 창피함은 분명히 있긴 하지만 이건 오히려 숙녀의 소양이었다. 여성으로서 함부로 맨살을 보여서는 안 된다고 그녀는 생각하고 있었다.

하지만 같은 여성이 상대라면 말은 다르다. 다리를 쩍 벌리고 걷거나 하는 품위 없는 짓을 하지는 않지만, 딱히 가슴과 엉덩이를 가리거나 하지도 않는다. 과거에 몇 번인가 다녔던 온천에서도 그녀는 같은 여성의 시선을 과잉 의식하지는 않았다.

"우우……."

그에 비해 릴리엘은 어떤가. 몸에 확실하게 수건을 두르고 가슴에서 무릎까지 숨기고 있다. 대체 누구의 시선을 신경 쓰고 있는 건지. 여탕으로 생각했다면서 갖추고 있는 철저한 중장비에 엑셀리아는 자기도 모르게 한숨을 내쉬고 말았다.

하지만 뭐, 릴리엘은 청순과 정숙을 중시하는 천사다. 거기에 더해 남들의 시선과 신체 특징을 신경 쓸 나이이기도 하다. 엑셀리아가 보기에는 과하게 보이는 래핑도 천사 소녀에게는 어쩔 수 없을…….

"용, 용사님의 알몸. 용사님의 알몸이……."

"의외로 조숙하네."

수치로 볼을 물들이고 있는가 했더니 흥분도 다분히 섞여 있었다. 릴리엘은 부끄러운 듯 몸을 움츠리면서도 시선만은 착실하게 코타로에게 향하고 있었다.

뭐, 그것도 어쩔 수 없었다. 단단한 육체. 적당히 붙은 근육. 남자다움을 느끼게 하는 그의 몸은 엑셀리아가 봐도 매력적이었다. 거기에 더해 얼굴도 나쁘지 않으니 면역이 없는 소녀는 한 방에 뿅 가 버리겠지.

"마스터. 근육의 질이 향상되셨군요."

"응? 그래, 맞아. 최근엔 스트레칭에 노력을 쏟아서 말이야."

그중에는 예외도 있는 모양이었지만──.

"아, 안 돼, 프림! 남자에게 알몸을 보여선!"

당당하게 나체를 드러내고 코타로의 어깨와 팔뚝을 찰싹찰싹 만지고 있는 프림로즈. 조신함 없이 너무나도 대담한 그녀를 릴리엘이 허둥대며 잡아당긴다. 그 행동이 이해가 가지 않는지 프림로즈는 고개를 갸우뚱거리며 릴리엘에게 질문을 던졌다.

"어째서인가요?"

"어째서냐니……. 그, 남자는 짐승으로 변해 버리니까."

"진짜로 변하면 다른 의미로 무섭잖니."

자기도 모르게 태클을 건 엑셀리아.

선정적인 어른 여성이라면 몰라도 털도 나지 않은 소녀가 무슨 말을 하는 건가. 털이나 나고 말하라 하고 싶다.

"신경 쓰인다면 나는 나갈 건데."

"아, 아뇨! 그런, 용사님을 내쫓는듯한 짓은! 제가 나갈 테니까요!"

"그러면 안 되지. 막 온 참이잖아? 느긋하게 담그고 가."

"히이이이……?!"

몸을 일으키려는데 다부진 손에 어깨를 잡혀 기묘한 비명을 내는 릴리엘. 귓불까지 시뻘겋게 물들고 목욕물의 뜨거운 물 때문이 아닌 다른 이유로 현기증을 일으킬 것만 같은 소녀를 코타로가 걱정스럽다는 듯 지탱하고 있다.

"엑셀리아. 이것이 수치 플레이란 것입니까?"

"아닌데……. 뭐, 비슷한 거야."

자연스럽게 늘실난실하는 모양새가 된 두 사람을 프림로즈와 엑셀리아가 싸늘한 눈으로 바라보고 있었다.

"후우우우우~~~."

아니나 다를까 릴리엘은 탕에서 너무 흥분해서 현기증을 일으키고 말았다.

온천과 용사님 알몸의 상승 효과는 한창때 소녀에겐 자극이 너무 컸다. 눈 깜짝할 새에 쓰러지고 만 그녀를 일행이 방에서 돌보고 있었다.

"괜찮아? 차 더 마실래?"

"개, 갠찬아여……."

트윈룸 안쪽 침대에 누워서 열기를 띤 숨을 내쉬는 릴리엘. 코타로는 핸드타월로 아직 상기된 그녀의 얼굴에 파닥파닥 부채질을 했다.

"천사란 쿨 다운에 시간이 걸리는군요."

"이번만 그래."

또 다른 침대에서는 엑셀리아와 프림로즈가 앉아 있었다.

둘은 코타로, 릴리엘과 마찬가지로 준비되어 있던 가운을 몸에 두르고 무심히 코타로의 움직임을 보고 있다.

"그나저나 또 물어보지 못했네."

"무얼 말인가요?"

"시련에 대해서. 지시대로 왔는데 아무 일도 일어나지 않았잖니?"

"그러네요."

회상할 필요도 없다. 볼비스에 도착해서 반나절 정도 탐색했는데 이렇다 할 사건은 일어나지 않았다. 오히려 사건은커녕 마을과 주변 지역에 문제가 있지도 않았다. 가 보면 알게 되고, 자연히 찾을 수 있는 시련이 기다리고 있으리라 생각하고 있던 일행은 허탕 친 기분이었다.

"저기, 슬슬 말 할 수 있겠어?"

"할슈이서요!"

"무리인 모양이네."

아직 혀가 잘 돌아가지 않는 데다가 일어서는 것도 힘들어 보였다.

상체를 일으키려 하다가 균형을 잃은 릴리엘을 코타로가 슬쩍 원래 위치로 옮겼다.

"뭐, 내일이 되면 알 수 있을 거야. 가까운 미래에 대한 걸 제시하는 거니까 계속 이 상태일 리는 없어. 그렇지, 릴리?"

누운 채로 고개를 끄덕이는 릴리엘. 그녀는 이전에 힘을 자유자재로 다루지 못하면 미래는 모른다고 했었다. 미숙해서 다행이라고 순순하게 기뻐하기는 힘들었지만── 지금은 좋게 생각하자. 그렇게 생각하는 엑셀리아였다.

"그나저나 조용하네."

이야기를 일단락 지은 엑셀리아. 그녀는 문득 신경 쓰였던 걸 입에 담았다.

방음에 정성을 다한 것으로는 보이지 않는다. 그런데도 복도에서는 발소리 하나도 들려오지 않는다. 신전 부지에 병설된 4층짜리 목조 건물. 무슨 일이 생겼을 때 대처하기 쉽도록 코타로 일행은 일부러 마을 중심가에서 떨어진 곳에 있는 여관을 골랐다. 그러므로 이곳이 조용한 것도 당연하지만── 그렇다고 해도 인기척이 너무 없다.

"노천탕에도 아무도 오지 않았었고……. 장사 안 되는 걸까? 이 여관."

"그렇지는 않은 모양입니다."

"무슨 뜻이니?"

"조금 전, 가볍게 생체 반응을 서치해 봤을 때 특이한 점을 발견했습니다."

"특이한 점?"

"다른 여관은 많은 방이 차 있습니다. 주점도 비슷하게 붐비고 있습니다. 하지만 이 여관만은 저희밖에 손님이 없습니다."

"뭐……?"

프림로즈에게 지적을 받고 일동은 귀를 기울여 봤다.

그러자 정말로 밖에서는 어렴풋하게 떠들썩한 소리가 들려오지만, 여관 안에서는 아무런 소리도 들려오지 않는 걸 깨달았다. 마치 이곳만이 텅 빈 공동이 생긴 듯했다.

"어째서 우리만 있는 거지……?"

대답은 없다. 답변은 돌아오지 않는다. 멀리서는 여전히 사람들의 웅성거리는 목소리가 들렸다.

코타로는 뭔가 점점 으스스한 기분이 들어서──.

"제가 사람들을 물려 달라고 부탁드렸기 때문이에요."

"누구냐?!"

어느 틈에 활짝 열려 있던 문의 저편.

어두운 복도에 서 있는 소녀를 보고── 코타로의 얼굴이 경악으로 일그러졌다.

"다, 당신은……!"

그가 놀라는 것도 무리가 아니었다. 그녀는 이곳에 있을 리가 없는 인물이었으니까.

적어도 이곳에서 재회할 줄은 코타로는 꿈에도 몰랐다.

"모니카 씨?!"

"예. 오랜만이에요, 코타로 씨."

하얀 옷감을 푸른색과 금색으로 물들인 법의. 매끈하고 긴 푸른색 머리카락. 자애를 담은 녹색 눈동자까지 모르 모니카가 틀림없었다. 이곳과는 또 다른 이세계에서 모르^{성녀}라고 불리던 소녀가 어떻게 된 일인지 코타로 앞에 서 있다.

"와, 어쩌신 건가요? 어째서 이 세계에?"

"그렇게 묻는 코타로 씨야말로 어째서 이 땅에?"

"그게 말이죠……."

동료들이 의아스러운 표정을 짓고 있는 와중에 코타로만이 기쁜 듯 떠들어대고 있다.

그도 그렇게 그는 모니카에게 몇 번이나 생명의 위기에서 도움을 받았다. 힘을 합쳐 사신(邪神)과 맞섰던 경험도 있다. 경계할 이유도 없기에, 상냥하게 미소 짓는 한 살 위의 누나에게 코타로는 기뻐하며 사정을 밝혔다.

"그렇군요. 시련을 넘기 위해서……."

잠시 후, 코타로의 이야기를 전부 들은 모니카는 천천히 끄덕였다.

"시련이라고 할 정도니까 힘든 싸움이 될 거라고 생각해요."

"그렇겠죠."

"하지만 다행이에요! 여기서 모니카 씨와 만나서! 이것도 인도의 힘 덕분인가……. 모니카 씨가 있어 준다면 백만 대군을 얻은 기분이에요!"

모니카는 코타로에게 필적하는 힘을 지니고 있었다. 사람을 해하는 힘은 아니지만 죽은 자마저도 되살린다고 하는 치유의 기적은 여행의 큰 도움이 된다. 그렇게 생각한 코타로는 모니카에게 동료가 되어 달라고 권유했지만── 그녀는 천천히 고개를 저었다.

"아마 그 시련이란 저를 뜻하는 거예요."

"……예?"

코타로는 웃는 얼굴 그대로 굳어 버렸다. 위태로워지기 시작한 분위기에 프림로즈가 경계 자세를 취했다.

그리고 성녀 모니카는──.

"코타로 씨. 당신의 여행은 이곳에서 끝입니다."

코타로를 노려보았다.

3

"그렇게 움직이시면 안 돼요, 코타로 씨."

"아, 아니, 하지만……."

"우후후, 가만히 계셔 주세요. 금방 끝나니까요."

모니카가 침대 가장자리에 걸터앉고 그 허벅지 위에 코타로가 머리를 올리고 있다.

이른바 무릎베개 자세이다. 그 상태에서 모니카는 코타로의 귀 청소를 하고 있다.

"역시 저……."

"앗, 위험해요. 침대 밑으로 떨어져요."

"죄, 죄송합니다."

몸을 일으키려다가 부드럽게 다시 원래 자세로 돌아가는 코타로.

그때마다 탄력 있는 허벅지가 머리를 통해 느껴져서 그는 볼을 붉게 물들였다.

코타로도 건전한 소년이라는 증거였다. 예쁜 누나가 무릎베개를 해 주고, 다정하게 귓속을 청소해 주고, 덤으로 아이를 대하듯 귀여워 해 주고 있다. 쑥스럽지 않을 리가 없다. 거기에 가까이에서 느껴지는 모니카의 몸. 묵직하게 흔들리는 커다란 가슴이, 부드러운 허벅지가, 향을 피운 듯한 달짝지근한 향기가 서라운드처럼 덮쳐온다. 자세도 좋지 않다. 바깥쪽을 보고 있다면 모를까 코타로는 안쪽, 모니카의 배를 바라보는 자세가 되어 있었다.

"아니, 왜?"

엑셀리아가 참지 못하고 태클을 걸었다.

"너 적으로 돌아선 거 아니었어?"

조금 전 불쑥 나타난 모니카는 뭔가 불온한 소리를 했을 터였다.

시련이란 자신을 뜻한다, 당신의 여행은 이곳에서 끝이다. 그렇게 악역 같은 대사를 내뱉었었다. 그랬으면서 시작한 건 코타로의 귀 청소이다. 설마 귀 청소로 고막을 찢어서 죽이려는 건 아닐 테고 모니카는 대체 무슨 생각인 것인지.

"적, 말인가요?"

"그래. 코타로를 쓰러트리러 온 거잖아?"

"아니요. 저는 언제나 코타로 씨의 편이에요."

"뭐어?"

이게 대체 무슨 말인지.

앞뒤가 맞지 않는 모니카의 언동에 엑셀리아는 계속해서 그녀에게 의문을 표했다.

"하지만 우리 앞을 가로막을 거잖아?"

"예."

"코타로의 여행을 끝낼 생각이잖아?"

"말씀대로예요."

"그럼 우리 적이잖아."

"아니요, 같은 편이에요."

"뭐어어어어어?"

개그를 하는 건가. 방해는 하지만 악의는 없다. 시련이 되겠지만 적은 아니다. 상대가 성직자여서 그런가 선문답을 하는 듯한 기분이다. 머리가 어찔어찔해지는 기분에 엑셀리아는 참지 못하고 이마에 손을 대었다.

"잠깐만, 처음부터 설명해. 갑자기 나타나서 마음대로 굴지 말아 줘."

"……그것도 그러네요. 처음 보는 아이도 있는데 조금 성급했어요."

"그래. 너 명색이 성녀잖아. 좀 침착해 봐."

"죄송해요. 하지만 코타로 씨를 만난 게 기뻐서……."

"……칫!"

얼굴이 확 달아오른 모니카를 보고 엑셀리아는 언짢은 듯이 혀를 찼다.

이 여자는 어쩐지 거북했다. 순수하고 조신한 성녀라니 엑셀리아가 가장 거북스러워하는 타입의 인간이다. 일찌감치 사정을 듣고 될 수 있는 대로 빨리 퇴장해 주기를 바라며 행동으로 이야기를 재촉했다.

"자기소개가 늦었습니다. 제 이름은 모르 모니카. 차원을 사이에 둔 이국의 땅, 엘 크리오에서 성녀의 직책을 맡은 사람입니다."

코타로를 해방한 모니카는 소녀들── 특히 면식이 없는 릴리엘, 프림로즈와 시선을 마주하고 자기소개를 시작했다.

"코타로 씨와는 3년 전에 만나서…… 사신을 쓰러트리기 위해서 힘을 빌렸습니다."

"그렇군요. 저와 같은 입장이란 겁니까."

"어머, 당신도? 저기……."

"프림로즈입니다."

"프림로즈 양. 그래요, 당신도 코타로 씨에게……."

모니카는 기뻐 보이기도, 슬퍼 보이기도 한 미소를 지었다.

"왜 그러시죠?"

"아니요, 아무것도 아니에요."

수상쩍게 생각한 프림로즈가 말을 걸었지만, 모니카는 얼버무리듯 고개를 저었다.

사람의 섬세한 감정에 대한 이해가 부족한 소녀와 복잡한 표정을 보이는 성녀님. 대화하고 있는 두 사람의 옆에서 릴리엘이 작은 목소리로 코타로에게 말을 건다.

"성녀님이시래요. 대단한 분과 아는 사이셨군요, 용사님."

"릴리도 천사잖아."

"앗, 그랬었죠."

보통 사람이 아니라는 의미라면 릴리엘도 상당히 대단했다.

길잡이 천사 같은 건 그리 쉽게 볼 수 있는 것이 아니다.

"어머나, 천사님이셨군요. 처음 뵙겠습니다."

"아앗, 아뇨, 아뇨, 저야말로. 어, 그러니까, 릴리엘입니다. 저는 용사님을 인도하는 천사이고…… 앗, 그게 그러니까, 아직 미숙하지만요!"

단지 본인마저도 때때로 그 사실을 잊어먹을 정도로 천사답지 않은 천사였지만── 성녀답게 마음이 넓은 모니카는 딱히 그걸 지적하지는 않았다. 그 너그러움에 긴장이 풀렸는지 허둥대고 있던 릴리엘도 침착하게 말을 이었다.

"프림과 마찬가지라면, 모니카 씨도 은혜를 갚기 위해 오신 건가요?"

"어떤 의미로는 그럴지도 모르겠네요."

"어떤 의미로는?"

고개를 갸웃거리는 릴리엘에게서 시선을 떼고 모니카는 코타로를 똑바로 바라본다.

평소 그녀의 모습에선 상상할 수 없는 엄격한 태도에 코타로는 주춤거리고 만다.

"풍문으로 들었어요. 저희 세계를 구하신 뒤에도 마왕과 싸우거나 사신(邪神)을 봉인하거나 기계 무리를 소탕하거나."

"아앗."

"학교를 습격한 테러리스트를 격퇴하거나, 하늘에서 떨어져 내려온 소녀와 보이 미츠 걸 하거나, 능력에 눈을 떠서 비밀결사에게 쫓기거나, 전생의 연인을 자칭하는 소녀와 장대한 여행을 떠나거나 하셨던 모양이네요!"

"그런 것까지?!"

도중까지는 영웅담으로 듣고 있던 릴리엘도 너무 많고 기묘한 내용에 깜짝 놀라고 말았다. 베테랑이라는 말은 들었지만 설마 이 정도로 범위가 넓었을 줄이야――. 기막힘과도 비슷한 그 기분은 아무래도 모니카도 마찬가지였던 모양이었다. 그녀는 분개하면서 코타로를 가리키고 말했다.

"이제 더는 보고 있을 수만은 없어요. 이대로라면 과로사하시고 말 거예요. 코타로 씨는 억지로라도 쉬어 주셔야겠어요!"

모니카는 그렇게 말하자마자 코타로의 머리를 껴안았다.

"우읍?!"

갑자기 풍만한 가슴에 감싸인 코타로는 당황하며 부산을 떨었다.

그녀는 갑자기 무슨 짓을 하는 건가. 이런 파렴치한 행위, 성녀로서 해서는 안 될 행동이다. 가슴 골짜기에 남자의 얼굴을 묻고선 부드럽게 감싸 안다니, 지금 당장에라도 그만두게 해야 한다. 그래, 이 극상의 쿠션에서 머리를 들고―― 들고――.

"…………흐아아아아아아……."

"5초 만에 함락되셨어요?!"

저항의 의지를 보이기는 했지만, 곧바로 이완되어 코타로는 털썩 무릎을 꿇었다.

접촉으로부터 불과 5초 만에 순살당했다. 용사를 순식간에 홀린 경이로운 포옹을 보고 릴리엘은 와들와들 떨었다.

"이거 참. 어쩔 수 없군요."

"프림!"

프림로즈는 새파래진 동료의 어깨를 탁탁 두드리고서 한 발짝 앞으로 나갔다.

"역시 시련이란 건 당신이었군요."

코타로를 껴안고 있는 모니카를 응시하면서 프림로즈는 방심하지 않고 경계를 했다.

"아무래도 저희를 무력화시키는 것이 목적인 모양이네요."

양팔을 축 늘어트린 코타로를 시야의 끄트머리에 담으며 모니카 앞에 선다.

"하지만 소용없습니다. 저에게 정신 조작은 통하지 않습니다."

야무진 얼굴로 그녀가 그렇게 말한 순간이었다.

모니카가 코타로를 침대에 눕히고 표적을 프림로즈로 바꾼 건.

"폭신."

"프림!"

릴리엘이 짧게 비명을 내지른다. 모니카가 프림로즈의 머리를 가슴에 감싸 안는다.

하지만 기계에게 감정은 없다. 코타로의 넋을 잃게 한 포옹도 프림로즈에게는 단순한 육체적 접촉에 지나지 않는다. 온기란 체온이다. 부드러움은 지방이었다. 생각해 보면 그 정도에 지나지 않는, 그녀에게 그 어떤 영향도 미치지 못하는——.

정말로? 과연 그럴까? 이 온기는 물리 법칙과 과학으로 설명이 되는 것일까? 한없이 빠져들게 하는 듯한 부드러움. 몸도 마음도 맡기고 싶어지는 안심감. 이건…… 이것은 프림로즈가 여태껏 한 번도 느껴 보지 못한 어머니의 온기……!

"…………엄마~!"

"프림?!"

모니카의 가슴에 얼굴을 파묻은 채로 프림로즈가 외쳤다.

그리고 그대로 손발을 이완시키고——.

"후훗……."

마침내 성녀님의 팔 안에서 새근새근하고 숨소리를 내기 시작했다.

"혹 떼러 갔다가 혹 붙였네."

"차분히 계실 때가 아니에요!"

코타로와 프림로즈. 용사 일행의 중심 전력인 두 사람이 불과 몇 초 만에 무력화 되었다.

남은 건 힘없는 릴리엘과 실력이 미지수인 엑셀리아뿐이다. 자신들만으로 저 성녀에게 대항할 수 있을 것인가? 압도적인 치유의 힘과 자애의 마음을 가진 모르 모니카에게──.

"앗, 아아아앗?!"

모니카가 릴리엘을 향해 미소를 짓자, 불안에 빠져 혼자서 도망친다.

하지만 방문을 여는 것보다 먼저, 뒤에서 포옹을 당해서,

"하아아아아아아아……."

가슴 골짜기 밑바닥으로 빠져서 덧없이 함락되고 말았다.

"우후후……."

성모 마리아가 아이를 껴안은 모습처럼 릴리엘을 안아 들고 빙글 돌아보는 모니카.

검 속으로 도망쳐 들어갔는지 이미 엑셀리아의 모습은 없었다. 코타로와 프림로즈는 눈 뜨는 일 없이 천진난만한 얼굴로 잠자고 있다. 그걸 만족스럽게 확인하면서 모니카는 비어 있는 침대에 릴리엘을 눕혔다.

"안녕히 주무세요, 여러분."

마법석의 조명을 끄고 탁자 위에 있는 램프도 훅하고 숨을 불어서 끈다.

어두워졌지만 대신 달빛과 별빛이 비쳐 들어온다. 그 은은한 빛을 받으며 모니카는 자애 가득한 얼굴로 미소 지었고,

"좋은 꿈을……."

이렇게, 용사 일행은 저항할 수 없는 모성에 삼켜져 전멸했다.

4

"코타로. 코타로."

"응……. 으응……?"

"코타로. 일어나, 코타로."

"으응……. 조금만 더……."

"……일어나!"

"아얏?!"

의식이 있는 듯하면서도 없다. 어두운 듯하면서도 어렴풋이 밝다. 그리고 무엇보다, 기분이 좋다──.

그런 얕은 잠에 빠져 있던 코타로는 머리에 느껴진 아픔에 벌떡 일어났다.

"어? 어, 어라? 나, 자고 있었어?"

"그래. 어휴……."

침대에서 내려와 주변들 둘러보는 코타로.

방은 어제 그대로였지만 밝기가 상당히 다르다. 해 높이로 봐서 벌써 점심 전이었다. 그 정도로 오랫동안 잠들어 있었다니──. 게다가 누구에게 업혀 가도 모를 정도로 잠에 빠져서 얻어맞을 때까지 일어나지 않은 건 대체 몇 년 만인지.

적어도 중학생이 된 뒤로는 아침이 되면 자연스럽게 눈이 떠졌다. 알람 같은 건 필요 없었고 누군가가 말을 걸면 곧바로 일어날 수 있었다.

그랬는데 어째서 오늘은 이랬는지. 코타로는 입가에 손을 대고 생각에 빠져,

"그렇군, 모니카 씨인가……."

쓸쓸히 중얼거렸다.

"여전히 대단해, 그 사람의 힘은. 마음 속 깊은 곳에서부터 치유된 느낌이야."

엘 크리오를 대표하는 소녀, 모니카는 치유의 힘이 뛰어났다.

상처를 낫게 하고 뼈를 이어 붙이는 건 당연하고 소독, 방역, 수혈, 정화, 스트레스 해소에 피로 회복 등등 대충 치유와 관련된 것이라면 전부 자유자재로 다룰 수 있었다. 회복에만 특화된 힘이었지만 그걸 극한까지 추구하면 어떻게 되는가——에 대한 예시가 모르 모니카였다.

과거에 몇 번이고 신세를 진 힘을 떠올리면서 코타로는 고개를 휘휘 내저었다.

"너무 릴랙스해서 아직 머릿속에 안개가 낀 듯한 느낌이 들어."

"당연히 핑크빛 안개지?"

"픕?!"

"모니카의 가슴, 기분 좋았어?"

"야, 야."

가늘게 뜬 눈으로 쿡쿡 찌르는 엑셀리아.

코타로는 어젯밤의 추태를 떠올리며 이마에 손을 짚고 한숨을

내쉬었다.

"그나저나 시련이 설마 그 사람이었다니."

"엄청난 수법이네."

"하지만 효과적이야. 고통은 참을 수 있지만 상냥함에는 저항할 수 없어……."

"오락 내성 0이니까, 너."

"크윽……"

확실히 거대한 시련이었다.

특히 코타로에게는 그 이상 없을 시련이었다.

미궁을 돌파하라. 정령의 재보를 모아라. 숲을 망치는 마수를 잡아라.

이런 알기 쉬운 것이라면 코타로의 전문 분야였다. 동료와 서로 도우며 지혜와 힘을 다해 앞뒤 생각하지 않고 도전하는 걸로 충분했다. 물론 전부 어렵고 힘든 일뿐이었지만 반드시 뛰어넘을 수 있다는 자신이 있었다.

하지만 이번 시련은 어떤가.

이세계의 성녀를 격퇴하라———. 정도면 될는지.

아니, 안 된다. 힘으로 누르는 방식은 좋지 않다. 상대는 어디까지나 선의로 행동하는 사람이었다. 방해된다고 저항하지 않는 인간에게 폭력을 행사할 정도로 코타로는 막돼먹지 않았다. 그렇지만 볼비스는 인도의 힘이 가리킨 땅이었다. 그곳에 나타난 벽을 무시하면 목표 달성 실패가 되고 만다.

"하지만 큰일인데. 어떻게 해야 클리어할 수 있지?"

"묶어서 온천에라도 가라앉히지?"

"또 너는 그런 소릴⋯⋯."

너무 직접적이었다.

게다가 시련을 넘는 데 필요하다고 지목되었던 프림로즈가 나설 자리가 없다.

뭐, 핵심인 그녀는 아직 새근새근 잠자고 있었지만──.

"일단은 대화를 해 볼까."

원래 세계로 돌려보내든, 생각을 고쳐먹게 하는 대화가 먼저이다.

코타로는 엑셀리아를 데리고 성녀님의 모습을 찾기 시작했다.

볼비스는 작은 마을이었다.

여관을 나와서 얼마 지나지도 않았는데 간단하게 모니카를 발견했다.

"가만히 계셔 주세요."

"아⋯⋯."

그녀는 마을의 중심부를 흐르는 강 동쪽에 만들어진 광장에 있었다.

"괜찮아요. 이 정도라면 금방 나아요."

"오오, 지긋지긋한 요통이⋯⋯!"

온천 요양을 하러 온 나이 지긋한 손님들에게 둘러싸여 그들의 치료를 하는 모니카.

그녀가 어렴풋이 빛나는 손을 댈 때마다 노인들의 얼굴이 평온해져 간다.

"자, 끝났습니다. 이제 느긋하게 온천을 즐겨 주세요."

"고, 고맙습니다. 이거 소소한 사례입니다만……."

"아니에요, 받을 수 없어요. 좋아서 하는 일인걸요."

"하지만……."

"받은 걸로 할 테니 부디 자신을 위해서 써 주세요."

"""오오오……!"""

온화하게 미소 짓는 성녀. 감격에 겨워서 기도를 드리는 노인들.

마치 종교화 같았다. 그렇게 생각해서 그런지 그들 주변만 반짝반짝 빛나는 것처럼 보였다.

"나중에 우리 집에 들러 주세요. 식사 정도는 괜찮으시죠?"

"예. 그때는 부탁드릴게요."

이윽고 치료도 끝났을 무렵, 요양객들은 줄줄이 자리를 떠났다.

그 안에 여관 주인도 있었는지 이 정도는 하게 해 달라며 권하는 중년 여성에게 모니카는 꾸벅 고개를 숙였다.

"이거 참, 정말로 좋은 사람이야."

그 모습을 멀리서 보고 있던 코타로는 모든 것이 끝난 뒤에 불쑥 중얼거렸다.

"우리를 방해하지 않으면, 이지?"

"그건 그렇지만 말이야."

그 정도의 힘을 가졌으면서 남을 위해 애쓰는 건 대단한 일이었다.

일반적인 사람이라면 욕심이 생길 수밖에 없다. 아무래도 도와주길 바란다면 뭔가 내놓으라는 식의 생각을 하는 법이다. 처신하기에 따라서는 금방 백만장자가 될 힘. 그 힘을 가졌으면서 모니카는 전혀 욕심이 없었다.

존경할 수 있는 사람이라고 코타로는 생각했다. 옛날부터 계속 그렇게 생각하고 있다.

그렇기에 대립했을 때는 반대로 대처하기가 힘들어서——.

"깨어나셨나요."

이미 깨닫고 있었는지 마지막 한 사람을 배웅한 모니카는 뒤돌아보며 말했다.

"덕분에 푹 잤어요."

"그건 다행이네요."

마음속 깊이 그렇게 생각하고 있다. 그걸 바로 알 수 있는 미소였다.

그 상냥함에 결심이 흔들리기 전에 코타로는 애써 마음을 다잡았다.

"하지만 오늘만이에요. 우리는 마왕 토벌의 여행을 하던 도중입니다. 언제까지고 이곳에 있을 수는."

"안 돼요!"

모니카가 날카로운 목소리로 소리를 질렀다. 놀라서 코타로는 움직임을 멈추고 만다.

"마왕은 제가 쓰러트리겠습니다. 코타로 씨는 이곳에서 느긋하게 요양해 주세요."

"아니, 그렇게 할 수는."

"안 돼요. 마음 편히 쉬어 주세요."

부처님한테 설법하는 정도까진 아니더라도, 매일 신자들에게 가르침을 주던 성녀를 말로 이길 수 있을 리가 없다.

불과 한두 마디 만에 코타로는 모니카의 페이스에 말려들고 말았다.

"저는 그럴 생각으로 코타로 씨를 만나러 왔어요. 사명과 책임만을 껴안고 자신을 등한시하는 당신을 쉬게 하려고요."

틀린 말은 아니었다. 그런 만큼 코타로는 경청할 수밖에 없었다.

"약간 엇갈린 장소에 도착해서 처음엔 당혹스러웠지만……오히려 다행일지도 모르겠네요. 평온하며 지내기 편하고 사람들도 모두 친절해요……. 그야말로 하늘의 계시. 이 세계, 이 땅은 휴양하기엔 딱 알맞은 장소예요."

"하지만 마왕이 있어요! 평화를 어지럽히기 전에 쓰러트려야만……."

"그건 제가 대신하겠습니다. 코타로 씨만이 쓰러트릴 수 있는 상대는 아닌 거죠? 그럴 힘이 있다면 그 누가 쓰러트려도 문제없을 거예요."

"그건 그렇지."

"리, 리아……!"

적은 강대하고 동료의 도움도 받을 수 없다. 코타로는 점점 궁지에 몰렸다.

거기에 맞춰 모니카는 점점 자애 깊은 태도가 되어 간다──.

"모든 걸 짊어질 필요는 없어요. 코타로 씨 홀로 분투하지 않으셔도 돼요. 세계는 당신의 생각만큼 약하지 않아요. 당신이 동분서주하지 않아도 분명, 다른 누군가가 평화를 위해서 싸울 거예요."

"하, 하지만, 그래도 나는……!"

"……빨려 들어가고 있어."

"으억?!"

어느새 코타로는 모니카의 가슴에 얼굴을 파묻고 있었다.

압도적인 흡입력── 아니 포용력인가. 설법에 귀를 기울이고 있자니 자력과도 비슷한 힘 때문에 코타로는 모니카를 향해 빨려 들어갔다. 프림로즈의 말을 빌리자면 그건 어머니의 온기. 저항할 수 없는 평온함이 또다시 코타로를 감싸려 하고 있었다.

"자아, 마음과 몸은 평안을 원하고 있어요……. 이제 괜찮아요. 쉬어도 괜찮아요. 모든 걸 저에게 맡기고 마음 편히 잠드세요……."

"젠장, 지지 않아! 질까 보냐아아아!"

"그러니까 빨려들어 가고 있다니까."

다시금 모니카의 가슴에 감싸이지만 그래도 기세를 올리는 용사님.

뭔가 위세 좋은 말을 내뱉고 있지만 그의 패배는 이제 불가피해 보이고———.

"······아아아~~~."

"""윽?!"""
희미하게 비명이 들려오자 세 사람은 순간적으로 경계 자세를 취했다.

작고 가냘픈 비명이었지만 예삿일이 아니라는 게 느껴지는 목소리였다.

목소리가 들려온 방향, 온천 거리의 한구석을 향해 코타로는 예리한 시선을 보낸다.

"모니카 씨!"

"예!"

지금은 옥신각신하고 있을 때가 아니다.

의식을 전환한 코타로 일행은 함께 달려나갔다.

"설마 마왕이······?"

달리면서 코타로는 허리춤의 검을 잡는다.

시련이란 모니카일 거라고만 생각했는데——— 적은 따로 있었다는 건가. 그 사실까지 생각하지 못하고 노는 데 정신이 팔려 있던 자신에게 화가 난다. 코타로는 이빨을 꽉 깨물고 속도를 올린다.

그리고 바람과 같은 속도로 골목을 빠져나온 그가 목격한 것은———.

““““우오오오오오오오오오옷!!”””””

기뻐 날뛰고 있는 할아버지, 할머니들이었다.

“…………엉?”

목검과 방패를 손에 들고 파워풀하게 여기저기 돌아다니고 있는 노인들.

예상한 것과는 많이 다른 광경을 본 코타로는 칼자루를 잡은 채 굳어 버리고 말았다.

“이, 이 상황은 대체……?”

이어서 도착한 모니카 또한 눈을 동그랗게 뜨고 놀라고 있다.

망연자실해 하는 용사 일행. 그들을 향해 조금 전에 광장에서 봤던 여성이 다가온다.

“아, 모니카 님! 큰일이에요!”

“무, 무슨 일인가요, 이건?”

“할아버지, 할머니들이 어쩐지 이상하게 흥분 상태가 되어서!”

“예엣……?!”

온천 거리의 주민들도 사태를 파악하지 못한 모양이었다. 어찌할 바를 몰라 허둥지둥하면서 노인들의 난장을 멀리서 보고 있다.

“후우우우~~~~~~! 피가 끓는다! 끓어어어어……!”

“후욱후욱후욱후욱……!”

“전성기의 힘이 되살아난다……!”

선물용 모조 검을 휘두르거나 맞부딪히거나 하는 노인들. 옛날엔 용병이나 모험가였는지 검을 다루는 모습도 어색하지 않고 몸놀림도 깔끔하다.

"어, 어째서 이런 상황이."

군중들과 마찬가지로 당황해서 손을 뻗었다가 도로 집어넣는 모니카. 험한 일에 대한 대응이 서툰 성녀님에게 엑셀리아는 한숨 섞인 목소리로 물었다.

"너, 힘 조절 잘못했지?"

"그게 무슨……."

"너무 건강하게 해 줬다는 소리야."

엑셀리아의 지적대로 난리를 피우고 있는 노인들은 모니카의 치료를 받은 사람들이다. 겉으로 보기엔 생기발랄하고 흉포해진 모습이지만 모니카에겐 다들 낯이 익었다.

"약도 과하면 독이 된다고 하잖아? 그런 거야."

"그런……!"

모니카의 힘은 절대적이다. 중증 환자도 그 자리에서 치료해서 활력으로 가득 차게 할 수 있다.

단, 어떤 힘이라도 그렇듯이 잘못 쓰면 위험을 초래하게 되고
──.

"저는 단지 평소처럼……."

"코타로의 대리가 되겠다면서 의욕 넘쳤잖아. 쓸데없이 힘이 들어간 거야."

"으읏……."

짐작되는 구석은 있었다.

모니카가 이세계를 방문한 건 이번이 처음이었다. 모시고 있

는 신으로부터 이야기는 들었지만 실제로 다른 세계의 땅을 밟는 건 태어나서 처음 겪는 경험이었다. 게다가 그녀에겐 목적이 있었다. 코타로를 쉽게 하고 대신 세계를 구하겠다는 커다란 목표가.

환경이 다른 이세계인데 해야 할 일까지 있다. 그런 상황에서 평소처럼 할 수 있을 리가 없다. 본인에게 악의는 없지만 섬세함이 결여된 치유술은 결과적으로 과잉 치료가 된 것이다.

"근데 어떻게 할 거야? 이대로 내버려 둘 수는 없잖아."

"적당히 때려서 기절시키지?"

"자신 없는데……. 힘 조절 잘 못 해."

"너 생긴 건 멀쩡해도 실체는 고릴라지?"

노인들은 지금은 자기들끼리 난리를 피우고 있는 모양이지만 당장에라도 주변을 향해 시선을 돌릴 것만 같았다.

막아야만 한다. 모니카가 부여한 과잉된 활력이 빠질 때까지 얌전히 있게 해야 한다. 단지 상대는 노인이다. 마른 나뭇가지 같은 손발은 지금이라도 부러질 듯했고 때리면 훅 가 버릴 것 같았다. 코타로는 그게 너무 무서웠다.

"밧줄이나 그물이라도 쓸까……?"

잘될지 어떨지는 모르겠지만——.

자신 없이 코타로가 중얼거렸을 때였다.

"대단한 난리군요."

"프림!"

혼란스러운 온천 거리에 한 명의 소녀가 나타났다.

작은 체구. 은색으로 빛나는 머리카락. 바로 그녀가 최종병기, 프림로즈!

"덕분에 눈이 뜨였습니다. 아무래도 큰일이 벌어진 모양이군요."

"응. 저 사람들이 좀, 너무 건강해지고 말아서……."

"맡겨 주십시오. 이런 일도 있지 않을까 해서 대인 진압용 장비도 준비했습니다."

"오옷!"

그녀의 양팔에 건틀릿이 장착되고 곧바로 망치가 전이되어 온다.

그걸 양손으로 지탱하면서 프림로즈는 코타로에게 지시를 청했다.

"언제라도 발동 가능합니다. 타이밍은 마스터께 맡기겠습니다."

"그럼 바로 사용해 줘! 이곳에 모여 있을 때!"

"괜찮습니까?"

"그래! 지금은 한시가 급해!"

"알겠습니다."

그렇게 말하자마자 철컥! 하는 소리를 내며 망치가 변형했다.

망치 머리 부분의 장갑이 튕겨 오르더니 안에서 여러 개의 침이 튀어나온다.

"엑."

침봉처럼 변한 망치의 자루를 지면에 세우고 프림로즈는,

"그럼, 갑니다."

하고 짧게 말했다.

"""끼에에에에에에에에에에에엑?!"""

직후 망치의 침에서 전류가 흘러나와 주위 일대로 퍼져나간다!

"으, 으어억⋯⋯? 아아아아아아아아악?!"

근처에 있던 코타로는 당연히 감전되었다. 푸르게 반짝이는 전류의 빛은 계속해서 흘러들어와서 그의 몸 여기저기를 내달렸다.

"아아아아아아아아악?!"

"히이이이이이이이이이익?!"

노인도 모니카도 비명을 지르며 바들바들 몸을 떨고 있다.

그 와중에 무심한 표정을 짓고 있는 건 절연 처리가 되어있는 프림로즈와 유령처럼 떠 있는 엑셀리아뿐이었다.

"얘, 이거, 정말로 진압 장비니?"

"예. 생물을 무력화시키는 것에서 이 장비를 따라올 것은 없습니다."

마침내 땅바닥에 엎어져서 생선처럼 펄떡펄떡 뛰고 있는 사람들을 앞에 두고.

"흐응⋯⋯. 뭐, 아무래도 상관없지만."

엑셀리아와 프림로즈는 어디까지나 마이페이스였다.

5

"코타로 씨, 저, 잘못 생각하고 있었어요."

저녁놀에 물들고 있는 온천 마을, 볼비스.

평소라면 인파로 붐빌 거리도 오늘만큼은 매우 조용했다.

"경험자이신 코타로 씨를 제쳐 두고 주제넘게도 마왕을 쓰러 트리겠다고……."

온천의 수증기가 넓게 퍼지며 붉은 하늘을 향해 사라져 간다.

운치 있는 경치 속에 조금 이채로운 구역이 있었다.

"역시 틀렸네요. 그 교만과 일그러짐이 예상 못 한 사태를 일 으키고 말았어요."

겹겹이 누워 있는 사람들. 검게 그을린 머리카락과 피부. 주변 에 흩어진 모조 검.

석양 밑, 전쟁터 같은 곳의 한구석에서 성녀의 참회가 낭랑하 게 울려 퍼지고 있다.

"하지만 포기하지는 않았어요. 저는 코타로 씨를 지탱하겠어 요."

성녀는 깍지를 끼고 선언했다.

"여로의 피로를 해소하고 싸움의 도움이 되기 위해서……."

지탱하겠다고. 도움이 되겠다고.

자신의 잘못을 인정하고 생각을 고친 성녀는,

"동료로서 앞으로도 힘낼게요!"

하고 환하게 웃었다──.

"이, 이제, 그걸로 됐어요……."

한편 용사님은 어떤가 하면, 그것만 말하곤 픽하고 고개를 숙이고 말았다.

폭동 진압용 전격을 맞고 몸 전부가 그을린 코타로는 다른 사람들과 마찬가지로 힘없이 쓰러져 있다. 그뿐이라면 다행이겠지만 헤어스타일은 폭탄머리였다.

"예! 힘낼게요!"

그렇게 말하며 가슴 앞에 깍지를 낀 모니카 또한 폭탄머리. 복슬복슬한 머리털에 밀려 베일은 어디론가 날아가 버리고 말았다.

너무 우스꽝스러워서 반대로 웃지 못할 참상을 프림로즈가 무표정하게 바라보고 있다.

"나, 먼저 돌아갈게."

그런 그녀에게 말하고 엑셀리아는 여관으로 돌아가고 말았다.

"…………."

그 뒷모습을 역시 무표정으로 배웅한 프림로즈는 만족스럽게 중얼거렸다.

"미션 컴플리트."

용사 일행 유람 여행

막간극 「물을 흐리는」

"코타로 씨. 자, 아~ ♪"

"아, 아~."

"맛있으신가요?"

"아, 예……. 맛있어요."

마주 앉아서……가 아니라 달라붙어서 코타로의 입안으로 요리를 옮기는 모니카.

마치 신혼부부 같지만 본인은 그럴 생각으로 하는 행동은 아닌 모양이었다. 어느 쪽이냐 하면 귀여운 아들을 돌보고 있는 어머니처럼 코타로의 시중을──.

"칫, 칫……."

하지만 옆에서 보면 그거나 저거나 별 차이가 없다.

그냥 젊은 남녀가 는실난실하고 있을 뿐이다. 다른 사람이 보기엔 그게 전부이고 짜증을 느끼기에는 충분했다.

"잠깐. 코타로를 아기 취급하지 마. 이상한 취향에 눈뜨면 곤란해."

"이상한 취향? 그건 어떠한 취향이죠?"

"아으……! 정말 이래서 성녀란 건!"

"???"

황새 이야기를 진지하게 믿고 있을 듯한 소녀에게 엑셀리아의 빈정거림은 통하지 않는다.

그리고 모니카는 대항심이나 독점욕 때문이 아니라 선의로 코타로를 보살피고 있다. 이 상황에서 조금이라도 악의를 가지고 있다면 엑셀리아의 주무대가 되지만 상대는 모성 본능의 덩어리였다. 그런 상대를 당해낼 수 있을 리가 없다. 엑셀리아는 또다시 혀만 차다가 어느새 어딘가로 사라져 버렸다.

'이, 이대로는 위험한 거 아닌지……?'

한편 릴리엘도 강한 위기감을 느끼고 있었다.

"앗, 입가에 부스러기가……. 우후후, 어쩔 수 없네요, 코타로 씨는."

"괜찮아요, 괜찮아요! 그 정도는 스스로……."

"쓱쓱……. 자~ 이미 닦고 말았어요 ♪"

"으으음……."

폐를 끼친 사죄의 의미로 식사에 초대하는 건 이해할 수 있다.

'피곤하실 테니까' 하고 손수 요리를 먹여 주는 것도, 간신히 이해할 수 있다.

하지만 하나에서 열까지 시중들고 있는 건 대체 뭘까 생각하게 된다.

아까부터 코타로는 변변히 움직이지도 않고 있다. 가만히 있기만 해도 모든 게 충족된다. 6인실 방 안에서 둘만의 닫힌 공간이 형성되고 있었다. 그건 마치 요람같이 느껴지기도 해서——.

'나 알아. 저 사람은 《남자를 글러 먹게 만드는 여자》란 거야……!'

천계에 있을 때 얕은 지식이 풍부한 친구에게서 들은 적이 있다.

이 세상에는 선의로 사람을 파멸시키는 마녀가 있다고──.

'어쩌면 모니카 씨는 성녀가 아니라 악마일지도 몰라.'

인도의 힘으로 일행이 된 사람이다. 그녀 또한 여행에서 빠질 수 없는 동료이겠지만── 저 사람은 경계해야 한다고, 릴리엘의 본능이 고하고 있었다.

※

"흥……."

여관의 발코니, 그 난간에 걸터앉아서 달을 올려다보는 엑셀리아.

달은 좋다. 어느 세계든 대부분 있다. 변함없이 밤하늘에 떠 있다.

창조신이 즐겨 만드는 것도 수긍이 된다. 보고 있으면 마음이 진정된다──.

"죄송해요, 저, 들뜨고 말아서……."

갑자기 누군가가 등 뒤에서 말을 걸었다.

식사를 끝냈겠지. 달빛 아래로 걸어오는 모니카의 모습이 보였다.

"코타로 씨의 피로를 조금이라도 풀고 싶었어요. 다른 사람만 생각하고 자신을 소홀히 하는 그 사람을."

걸음을 멈춘 성녀님은 반성의 태도를 보였다.

"안 되겠네요. 릴리 양에게 해도 해도 너무한다고 혼났어요."

이제야 《자애의 마음》이 진정되었겠지.

난처한 듯 웃은 모니카는 고개를 돌리고 있는 엑셀리아를 향해 계속 말을 걸었다.

"당신에게도 주의받았었지요. 그때 제대로 말을 들었어야 했어요."

대답은 없을 거라고 포기한 걸까. 아니면 포기하지 않고 말을 거는 걸까.

소녀가 매몰찬 태도를 보여도 성녀님은──.

"하지만 당신도 저와 같은 마음이라고 생각하고 있었는데요……."

엑셀리아는 대답하지 않았다.

시시하다는 듯 콧김을 내뿜더니 두둥실 그 자리를 떴다.

제4장   타오르는 청춘의 불꽃 편

1

2박 3일의 온천 여행…… 아니 성녀의 시련도 막을 내렸다.

용사 일행은 다시 역마차를 타고 반나절에 걸쳐서 아발론으로 돌아와 있었다.

"후훗."

아무튼 배가 고팠다.

적당히 발전했다고는 해도 이 세계의 교통망은 현대 사회에 비교할 수가 없었다. 도로에 생긴 미묘한 굴곡. 성능이 낮은 서스펜션. 잊을 만하면 덜그럭 흔들리는 마차에선 '차 안에서 도시락이라도' 같은 이벤트는 상상도 못한다.

아침을 가볍게 먹고 점심은 거르며 겨우 도시에 도착했다. 용사 일행은 두말없이 근처 식당으로 뛰어 들어갔다.

"읍, 후."

샌드위치와 파스타를 깨끗하게 비우고 나서야 한숨 돌린 용사 일행.

그들은 식후의 디저트 등을 주문하면서 만족스럽게 쉬고 있었지만──.

"아~ 맛있어."

아직 포크를 움직이고 있는 사람이 있다.

"성녀면서 경망스럽다고는 생각합니다만…….'

그렇게 말하며 수줍어하는 건 새롭게 동료로 들어온 모니카였다.

그녀는 냅킨으로 입가를 닦으며 창피한 듯 비밀을 밝혔다.

"실은 저 단 거에 사족을 못 써요."

"그렇겠지."

말하지 않아도 알 수 있다. 쌓아올린 접시를 보면 일목요연하다.

케이크에 아이스크림에 타르트에 마카롱. 그 전부를 행복한 표정으로 깨끗하게 비운 모니카는 그런데도 부족하다는 듯이 옆자리의 크레이프를 탐내는 시선으로 보고 있었다.

"역시 이 세계는 훌륭하네요. 자연도 풍부하고 사람들에겐 여유가 있어서 식문화와 예술이 발달해 있고…….'

이미 주문해 뒀었는지 웨이터로부터 크레이프 접시를 받은 모니카는 황홀하게 눈을 가늘게 떴다. 양주와 오렌지의 향기. 녹은 버터의 향긋함. 냄새만으로도 맛있는 요리, 크레페 수젯을 앞에 둔 모니카는 딱 잘라 단언했다.

"그야말로 이상향이에요."

"마왕은 있지만요!"

"그, 그랬었죠."

릴리엘의 지적에 당황하며 퍼뜩 고개를 드는 성녀님.

그녀는 곧바로 나이프와 포크를 내려놓더니 허리를 똑바로 펴고 앉은 자세를 바로 했다.

하지만 이제 와서 행동거지를 바르게 해도 소용없다. 아까 전의 먹는 모습이 인상에 남아 있고 식탁 위에는 아직 접시가 산처럼 쌓여 있다. 성녀다운 표정을 해도 입가에는 복숭아 잼이 묻어 있다. 용사 일행 내에서 가장 연상이면서 묘한 부분이 어린애 같은 성녀님이었다.

"마물의 왕이자 사악함의 화신. 공포의 마왕은 지금도 어딘가에서……."

"하지만 그럴싸한 게 안 보인단 말이지."

"윽……!"

"리치는 쓰러트렸지만 돼지의 동료였고."

"골렘인 줄 알았더니 프림이었지."

"시련이라고 생각했더니 모니카였죠."

"으으으으……!"

가볍게 주의를 줄 셈이었는데 성토당하고 있는 건 릴리엘 쪽이었다.

괴롭다. 그 부분을 찌르면 괴롭다. 마왕을 쓰러트려 달라고 불렀으면서 정작 그 마왕이 없으니 말이 안 된다. 안내인으로서 또, 아이리스 가든에서 사는 한 사람으로서 그녀는 매우 곤란한 위치에 있었다.

"아니, 하지만 있을 게 분명해요. 이 나라 어딘가에 마왕이."

"그러니까 어디에?"

"숨어 있는 게 아닐까…… 하는데요."

"어째서?"

횡설수설하다가 마침내 입을 다문 릴리엘. 엑셀리아는 릴리엘에게서 시선을 돌리고 코타로의 동의를 구했다.

"애초에 마왕이란 관심병 환자잖아?"

"대개는 전 세계를 상대로 선전 포고를 하고 '공포에 떨어라 인간들이여!' 같은 소릴 하지."

"그렇지? '쓰러트릴 수 있다면 쓰러트려 봐라!' 하면서 우쭐거리지?"

이제까지의 모험을 돌이켜 보면서 마주 고개를 끄덕이는 두 사람.

비슷한 경험을 한 모니카와 프림로즈도 그럴지도 모른다는 생각에 잠겨 있다.

"마왕이 있고 용사는 거기에 맞선다. 그런 이야기라고 생각하고 있었는데."

식은땀을 흘리는 릴리엘에게 냉담한 시선을 보내는 엑셀리아.

릴리엘은 그 시선을 견디지 못하고, 말 꺼내기 곤란해하며 입을 열었다.

"저도 그런 이야기는 대단히 좋아하는데요……."

"하는데요?"

"상식적으로 생각해서 마왕은 숨어 있어야만 해요."

"뭐어?"

허를 찔린 엑셀리아가 얼빠진 목소리를 내었다.

그 틈에 릴리엘은 단숨에 자신의 지론을 떠들었다.

"그게 그렇잖아요. 위치가 알려지면 그곳으로 적의 전력이 집중돼요. 군대가 몰려들고 용사도 찾아와요. 만약 제가 마왕이라면 자신이 마왕이라고 다른 사람들에게 말하지 않고 선전 포고도 절대로 안 해요."

코타로 일행의 마왕에 대한 인상을 당치도 않다는 듯 부정하고,

"어디까지나 어둠에 숨어서 마물을 조종하고 말이죠. 서서히 세계를 좀먹어 가는 것이 마왕의 올바른 자세가 아닐까 하는데요."

마왕은 이래야만 한다며 결론지었다.

"논리적이긴 한데……."

합리적이긴 하지만 아무리 그래도 왕이 되어서 그 자세는 어떨는지.

미묘한 표정을 짓고 있는 코타로를 대변해서 엑셀리아가 신랄한 말을 내뱉었다.

"대단한 겁쟁이네."

"근데 그렇지만요, 선대 마왕도 그랬어요. 어딘가에 몰래 숨어 세상 밖으로는 나오지 않아서……. 그렇기에 길잡이 천사가 필요했던 거예요."

"아하, 그랬구나."

"안내인이면서 사냥개이기도 했군요."

"그래요, 그래!"

엄격히 따지면 사냥개보다는 애완견이 가까울 것 같지만.

꼬랑지 대신 묶은 머리카락을 흔들거리는 릴리엘에게 엑셀리아는 한숨 섞인 목소리로 물었다.

"그래서? 그 멍멍이는 다음에 어디로 데려가 주는 거니?"

"안심해 주세요. 슬슬 떠오를 거 같아요."

릴리엘은 이래 봬도 꽤 멘탈이 튼튼한 소녀였다. 낙심하기는 해도 언제까지고 풀 죽어 있지는 않는다. 관자놀이에 손가락을 대고 매번 하는 탐색 포즈를 취한 그녀는 눈을 감고 인도의 힘에 의식을 쏟았다.

"으음……."

명상 비슷한 집중을 한 다음 릴리엘은,

"나왔어요!"

하고 환한 얼굴로 말했다.

"다음 목표는【클로서스에 간다】예요!"

"클로서스!"

코타로가 앵무새처럼 목적지의 이름을 따라 외쳤다.

역시 길잡이 천사다. 이제껏 힘이 불발로 끝난 적이 없다.

언제나 코타로를 다음 목표를 향해 인도해서――.

"……응? 뭔가 어디서 들어 본 적이."

"예?"

즉시 자리에서 일어나려고 했던 코타로는 뭔가가 걸려 발치에서 더플 백을 끌어올렸다. 그리고 안에서 한 권의 잡지를 꺼내서 동료들에게도 보이게끔 식탁 위에 펼쳤다.

"어, 그러니까, 분명 이쯤에……."

홀홀 책장을 넘기는 코타로.

소녀들은 뭔가 해서 상체를 내밀고 그의 손을 주시하고 있다.

"앗, 찾았다!"

잠시 후 원하던 페이지를 찾아댄 코타로는 잡지를 활짝 펼쳤다. 그러자 거기엔 방금 나왔던 지명이 적혀 있었다──.

"클로서스에서 여름 캠프! ~대자연에 둘러싸여~."

" " "……………………." " "

번역 마법에 문제가 없다면 의미가 크게 다르지는 않겠지.

애초에 페이지에는 숲에 텐트를 치는 가족의 삽화가 실려 있다. 이걸 보고 클로서스란 이름에서 미혹의 숲이나 악마의 제사터를 떠올린다면 그 사람은 머릿속을 진찰받아 보는 편이 좋다.

즉 릴리엘이 말한 클로서스란…….

"캠프장이군요."

"응……. 그런가 봐…….."

프림로즈가 말한 대로의 장소였다.

"온천 다음은 캠프? 너무 샛길로 새는 거 아니니?"

"이게 최단 루트예요오!"

"마왕군 여러분들이 캠프라도 하는 걸까요?"

"대체 얼마나 가족 같은 마왕군인 거야."

여행 잡지를 둘러싸고 왁자지껄 떠들기 시작하는 용사 일행.

그 안에서 코타로는 뭔가 감회 깊은 표정으로 먼 곳을 바라보고 있었다.

2

아무리 평화로운 세계라고는 해도 자진해서 야영하는 걸 좋아하는 사람은 없다.

해가 높고 밝을 동안에 마을에서 마을로 이동하여 밤에는 나돌아다니지 않는 것이 상식이다.

어쨌든 밤은 위험으로 가득 차 있다. 낮 동안엔 잠들어 있던 것들이 활발하게 움직이기 시작하는 시간이 밤이었다. 야행성 야수와 곤충. 범죄자인 악당과 도적. 거기에 무엇보다 무서운 건 역시 마물의 존재였다.

《키긱……!》

"물러날 생각은 없나."

해 질 녘에 아발론에서 출발해 곧장 클로서스를 향해 나아가고 있던 코타로도 수많은 여행자들과 마찬가지로 마물에서 습격 받고 있었다.

《키이이이이이이……!》

괴이한 형상의 벌레였다. 가지각색의 갑각류 곤충을 분해하여 어린애에게 조립시킨 듯한 형태다.

거기에 크기 또한 송아지 정도는 되었다. 비딱하게 난 뿔과 큰 턱은 인간 따윈 간단하게 꿰뚫어 버릴 것만 같았다.

"다행이네. 곤충 수집도 할 수 있을 거 같아."

"농담 그만하고 간다!"

"예, 예."

달빛이 비치는 산길에서 엑셀리아의 모습이 어른거리더니 사라진다.

동시에 코타로의 허리춤에 매달려 있던 검이 은은한 빛을 띠기 시작한다.

"너한테 원한은 없지만 습격해 온다면 말은 달라."

손을 허리 뒤로 돌려 검집을 잡는 코타로. 스르륵 하고 무딘 소리를 내며 검집에서 검을 뽑았다.

《키이이……?!》

도깨비불 같은 자주색 빛이 피어올라 마충(魔蟲)은 순간 주춤했다.

하지만 그것도 한순간, 크게 날개를 펼친 마충은 코타로를 노리고 돌진해 왔다.

"간다, 리아."

거대한 곤충이 작은 나무들을 베어 넘기면서 육박해 온다.

제트엔진 같은 날갯소리를 내며 괴이한 형상의 마물이 덮쳐든다.

코타로는 그걸 정면에서 요격하려고 폭이 넓은 직검을 중단 자세로 잡았다.

"하아아아아……!"

《키이이이이이이이!》

기듯이 비행하는 마충과 검을 치켜드는 용사 코타로.

그들이 맞부딪치는 순간, 강한 빛이 잡목림을 비추었다──.

"좋아, 꽤 모았군."

마충과의 싸움을 끝낸 코타로는 덩굴로 묶은 마른 나무를 훌쩍 집어 들었다.

가는 것도 있고 두꺼운 것도 있는 마른 나무는 양손으로 껴안을 정도의 양이 있었다. 전부 잘 건조되어 불에 지피면 잘 탈 듯했다. 이 정도로 하룻밤 버틸 수 있을지는 코타로도 잘 몰랐지만 부족하면 또 모으러 오면 된다. 그렇게 생각한 그는 득의양양하게 왔던 길을 되돌아간다.

"어? 배틀 장면 고작 이거뿐?"

곁에 있던 엑셀리아가 불쑥 중얼거렸다.

"왜 그래 갑자기."

"아니, 겨우 그럴싸한 전개가 되었네~ 하고 생각했더니……이러니까."

엑셀리아가 시선을 옆으로 향하자 거기엔 완벽하게 두 동강이 난 마충이 있었다.

엄청나게 강해 보이는 분위기를 풍기고 있었으면서 막상 싸워 보면 이렇다. 너무나도 김빠지는 상황에 엑셀리아는 욕구불만인 듯 입술을 삐죽 내밀었다.

"저 녀석 말고도 좀 있더니 어느 틈에 사라져 버렸고……."

"저 녀석이 이 일대의 터주였던 거 아니야?"

"저 정도로~?"

엑셀리아가 구역질이 난다는 듯 얼굴을 찡그렸다.

"그럼 보스가 당해서 다들 도망갔다는 소리야?"

"그렇겠지."

"하아아아~~~~~."

그녀는 커다란 한숨을 쉬고 허탈한 듯 전신의 힘을 뺐다.

"역시 기분이 영 아냐. 아~ 싫다, 싫어. 마왕이 나오면 깨워 줘."

그리고 그대로 검 속으로 사라졌다.

"…………."

잡목림에는 코타로 혼자 남겨졌다.

"평화로운 건 좋은 일이라고 생각하는데 말이지……."

그렇게 혼잣말을 해도 돌아오는 건 벌레 소리뿐이다.

완전히 빈정 상한 엑셀리아는 묵묵부답이다.

"뭐, 아무래도 좋나."

코타로는 미끄러지고 있던 마른 나무 뭉치를 다시 끌어안고 산길을 걷기 시작했다.

완만한 경사로에 듬성듬성 자란 나무들이 달빛과 별빛을 가리고 있었지만──.

그래도 숲은 숲이다. 울창하고 무성한 숲은 아니다. 이 정도의 희미한 어둠은 반대로 약간 쓸쓸한 정취가 느껴져서 좋다. 코타로는 느긋하게 걸으면서 때때로 하늘을 올려다보며 편한 걸음걸이로 동료들이 있는 곳을 향해 돌아갔다.

클로서스는 조금 특수한 곳에 있다.

중심 도로에서 벗어나 밀림을 가로질러 언덕을 올라간 다음에 있는 끝자락에 자리잡은 마을.

마치 벽촌(僻村) 같지만 왕도에서 가깝고 피서에도 적합하기에 이곳은 매년 수많은 사람이 방문한다. 가족 여행은 물론이고 기사단 청년부의 합숙이 행해지거나 아이들을 모아서 여름 캠프가 열리기도 한다.

클로서스로 향하는 길에도 당연히 수많은 왕래가 있는 법이지만—— 그건 낮 동안의 이야기였다.

야행성 마물이 나오는 숲을 일부러 밤에 지나는 사람은 없다. 더구나 그곳에서 야영하는 사람이 있을 리가 없다. 마차에 타면 하루도 걸리지 않고 도착하는데, 마을에는 안전한 캠프장이 기다리고 있는데, 뭐하러 마물의 생식지에서 밤을 지새우는가. 어지간히 성미가 급한 건지, 아니면 그냥 바보인 것인지. 뭐가 되었든 그런 사람들은 이 프랑세즈에는——.

"모닥불은 운치 있단 말이지⋯⋯."

있었다. 그 어느 쪽도 해당하는 바보가 있었다.

"하염없이 바라볼 수 있을 거 같아⋯⋯."

아발론과 클로서스의 중간에 있는 숲속. 코타로는 그중 비교적 트인 장소를 골라 모닥불을 피우고 있었다. 준비성 좋게도 근처에는 텐트가 쳐져 있고 돌로 만든 화덕까지 있었다. 그 앞에 주저앉은 코타로는 손에 든 막대기로 모닥불을 쑤시면서 아련하게 흔들거리는 불꽃을 바라보고 있었다.

"후훗, 좀 더 장작을 지펴 볼까⋯⋯."

혼잣말을 하며 옆에 쌓아둔 마른 나무에서 몇 개를 집어 모닥불로 던지는 코타로.

마른 나무에 불꽃이 옮겨붙어 타닥타닥하는 희미한 소리를 낸다. 그 모습을 넋을 잃고 보던 그는 또다시 모닥불을 막대기로 쑤시기 시작한다.

"눈이 완전히 가 버렸어요?!"

릴리엘을 겁먹게 하고 말았다.

"아, 아앗, 미안! 좀 멍하니 있었어."

"좀이 아니라 상당히 위험했던 느낌이……."

"방화범 같았어요, 마스터."

"프, 프림!"

거리낌 없는 입을 손으로 막았지만 릴리엘도 같은 생각이었다.

들떠 있다고 해야 할까. 야영하는데도 코타로는 이상하게 기뻐 보였고 텐트의 설치에서 장작 줍기까지 솔선해서 움직였다. 그런가 하면 저녁 식사 후엔 모닥불 앞에서 멍 때리고 있다. 그는 대체 어떻게 되어 버린 걸까.

"용사님, 피곤하신가요?"

"아, 아니. 그렇지 않아."

걱정스럽게 물어보는 릴리엘에게 조금 말하기 곤란해하면서 코타로는 말했다.

"실은 나. 아웃도어 취미에 흥미가 있어서."

"실감이 느껴지네요."

가슴속에 있는 비밀을 쥐어짜듯 털어 놓자 릴리엘은……

"어라? 하지만 용사님은 몇 번이고 모험하셨잖아요? 그럼 야영 경험도 많지 않으신가요?"

"산이나 숲에서 잔 경험은 있지만 이런 느낌이 아니었어. 기습을 경계하면서 경계를 세우고 불도 지피지 않고 모포를 뒤집어쓰고……."

"아……."

즉 야영을 즐길 여유가 없었다는 소리다.

코타로의 암흑 청춘 시대를 살짝 엿본 릴리엘은 뭐라 할 수 없는 기분이 되었다.

"괜찮아요. 오늘 밤은 결계를 펼쳐 놓았으니 마음 편히 주무세요."

"저는 연료를 모아둘 테니 부디 태우고 싶으신 만큼 불태워 주세요."

"아, 아니, 그건 그거대로 뭔가 다른 듯한."

연민의 정이 끓어올랐는지 모니카와 프림로즈가 묘하게 상냥히 코타로를 대한다.

그럴 수밖에 없다고 생각하면서 릴리엘도 모닥불 근처에 앉았다.

"그나저나 어떻게 된 일일까요? 마차가 운행 정지라니."

"무슨 일일까?"

"숲에는 통행금지 간판도 있었고요……."

분위기가 진정되자 오늘 몇 번째인지 모를 의문이 새어나왔다.

"마차를 이용하면 도중에 야영할 필요도 없었는데."

"도보 여행에 지쳤어?"

"앗, 아뇨, 아뇨! 제가 아니라 여러분께서 고생하고 계신 게 아닌가 해서요!"

"아웃도어를 만끽할 수 있었으니까 반대로 좋았어."

"저는 순례로 단련되어 있으니까요."

"관절 마모, 피로 축적, 어느 것도 문제없습니다."

"여러분 터프하시네요……."

감탄한 듯 숨을 내쉬는 릴리엘. 코타로는 작아진 모닥불에 나뭇가지를 던져 넣으면서 그녀를 기운 내게 하려고 익살맞게 말했다.

"뭐, 무슨 일이 있었는지는 내일이 되면 알 수 있어."

"……그렇죠. 그것도 그렇네요."

아마 산사태 같은 재해로 길이 막혔겠지.

왕도에 있던 업자들도 이따금 있는 일이라며 한목소리로 말했다.

"그럼 슬슬 자 볼까. 불침번을 설 테니까 먼저 자도 돼."

"그럼 용사님의 부담이 크지 않으신가요?"

"괜찮아. 차라도 마시면서 느긋하게 시간 보낼 거야."

"하지만……."

"지금이니까 하는 소리지만 실은 이런 시추에이션도 동경하고 있었어……."

"상당하시네요?!"

클로서스에서 무슨 일이 벌어졌을까.

용사 일행은 그에 대해 깊게 생각하지 않고 평온한 밤을 보내고 있었다.

3

풍광명미라는 단어는 클로서스를 위해 있다.

그 땅을 각별히 사랑한 시인은 이런 한 문장을 남겼다.

그것도 당연하다.

이 정도로 아름답고 싱그러우며 모든 게 맑게 보이는 땅은 또 없다.

"……라고 쓰여 있었는데……."

숲에서 빠져나와서 언덕을 타고 마침내 클로서스에 도착한 코타로 일행은,

"여기 맞……지?"

솔직하게 말해서 곤란해하고 있었다.

"젠장, 젠장……! 어째서, 어째서 이런 일이!"

"너무해! 이건 너무하잖아! 이런 일이 벌어지다니……!"

"어떻게 해결할 방법 없어? 아무리 그래도 이건……!"

남쪽으로 웅대한 산맥과 마주한 고원 지대.

그곳 거의 중심부에 있는 마을은 무거운 분위기에 둘러싸여 있었다.

"히이잉, 흑……흑…….."

남녀노소 누구 할 것 없이 어두운 표정을 짓고 있다. 많은 사람이 눈물을 흘리고 코를 훌쩍이다가 다시 눈가를 비빈다. 그렇지 않은 사람들도 뭔가를 견디듯 험악한 얼굴을 하고 주먹을 꽉 쥐고 있었다.

날씨도 분위기에 맞춘 듯 하늘에는 잿빛 구름이 자욱했다. 석조 집들도 완전히 그림자가 져 있었다. 이래선 옛사람들이 찬양하던 경관도 빛이 바랜다.

"다들 무슨 일이실까요……?"

모니카가 걱정스럽다는 듯 중얼거렸지만, 사정을 모르는 건 코타로도 마찬가지이다.

좌우간 일단은 묻는 게 급선무다. 용사 일행은 초원에서 마을로 들어갔지만…….

"어엇?! 손님?!"

"이런, 큰일이야……. 거기 아무나 좀 불러와!"

"으으응?"

갈팡질팡하던 사이에 마을 사람들에게 에워싸이고 말았다.

"큰일인데. 봉쇄해 놨는데 일부러 걸어 온 건가?"

"이런 상황이 아니면 환영하겠지만……."

마을 청년으로 보이는 남자들이 앞으로 나와서 벌레 씹은 표정을 지었다.

하지만 난폭한 행동을 하려는 건 아닌 모양이다. 그걸 깨달은 코타로는 겁내지 않고 똑바로 물어봤다.

"무슨 일이 있었나요?"

"일이고 뭐고……."

한순간 머뭇거리곤,

"드래곤이야. 용이 나타났어."

자포자기한 듯 내뱉었다.

"드래곤이요?!"

가장 먼저 반응한 건 릴리엘이었다.

갑자기 새파래진 그녀는 남자에게 바싹 다가가선 큰 소리로 질문을 던지기 시작했다.

"드래곤이라니, 종류는 뭔가요?! 색은?!"

"종류를 물어봐도 잘 몰라. 색은 시커멨지만."

"우와아아아……! 아, 암흑룡이야……!"

릴리엘은 아까 전 마을 사람처럼 머리를 감싸 쥐며 웅크려 앉고 말았다.

그러나 상황 파악이 안 되는 코타로 일행에겐 뭐가 뭔지. 큰일이라는 건 알겠지만 정확하게 무슨 이야기인지 영 파악할 수가 없었고── 요점만이라도 들어두기 위해 코타로는 릴리엘의 어깨를 툭툭 쳤다.

"어…… 그거 강해?"

"최악의 부류예요! 슬라임이나 리치와는 비교도 안 돼요!"

"그 정도로?"

"여하튼 드래곤이니까요. 그것도 상위종인!"

"어어, 그래. 터무니없이 강하다고."

코타로와 릴리엘의 대화에 아까 전 남자가 껴들었다.

"이런 마을 정도는 마을 사람들까지 전부 통구이가 될 거야."

"그렇게 되기 싫다면 기사단에게 알리지 말고 순순히 제물을 바치래."

마을 청년들도 잇따라 불만을 토로하기 시작한다.

"제물? 그 드래곤은 제물을 요구하고 있는 건가요?"

"그래! 그것도 젊은 여자를 네 명이나 넘기라는 식이야."

"대단하신 호색가라고, 이거 참……."

"젠장할……!"

분개심을 감추려고 하지도 않으며 남자들은 이를 악물었다.

'암흑룡…… 제물…… 이곳이 목적지…….'

대조적으로 용사 일행은 무언가 생각에 빠져 있었다. 이제까지의 사례를 봐서 곧장 믿기는 힘들었지만—— 그 외엔 떠올리기 힘들었다.

"릴리. 어쩌면 다음 목표는."

"예! 그럴지도 모르겠네요!"

이 상황에 이런 왕도물 같은 전개가 있다는 건 반대로 놀라웠지만.

"나왔어요! 다음 목표는 바로 【암흑룡을 쓰러트려라】예요!"

인도의 힘은 겨우 영웅담다운 목표를 용사 일행에게 제시했다.

"뭐? 드래곤을 쓰러트린다니……."

"장난칠 때가 아니야!"

"아, 아앗?!"

단지 타이밍이 최악이었다. 거기에 용사 일행의 겉모습도 좋지 않았다.

날씬한 소년 한 명에 가슴 큰 수녀. 게다가 열 살 될까 말까 한 어린애가 둘.

이런 애들로 어떻게 드래곤을 쓰러트리겠다는 건지. 기사단도 드래곤과 싸울 때는 몇천 명을 동원하고 발리스타와 대포 같은 대형 병기를 준비한다. 그런데 단 네 명의 파티로 장비다운 장비도 없이 용을 잡는다니——. 장난치는 것도 정도가 있다.

"아뇨, 우리는 진심입니다!"

"그래요! 이분이야말로 여신 이리스 님께 선택받으신 용사님이시고……!"

"여어시인?" "요옹사아?"

"""어느 시대 인간이냐!!"""

"히잉."

신분을 밝혀도 소용없다.

그뿐 아니라 더욱더 화나게 했는지 지금이라도 돌이 날아올 것만 같았다.

"……혹시 여신님이나 용사는 지명도 낮아?"

"이리스 님께선 외출을 꺼리는 데다 낯을 가리는 성격이시고 선대 용사님께선 300년 전 인물이시니까요……. 믿져야 본전으로 말해 봤는데 역시 안 통하네요."

"아, 응……."

여태껏 여신이나 용사의 이름을 쓰지 않았던 것에 대한 의문을 가지고 있었는데 이번 건으로 그 의혹도 풀렸다. 요컨대 여신이나 용사는 이야기 속의 존재였다. 과거엔 있었을지도 모르지만 지금 세상에 나타날 리가 없다.

현대 일본에서 "여어, 나는 토쿠가와의 가신, 혼다 타다카츠!" 하고 이름을 대는 거나 마찬가지다. 마왕도 모습을 드러내지 않는 현 상황에서는 악질적인 장난으로 오해받아도 어쩔 수가 없었다.

"너희, 작작 좀 해. 이쪽은 진지하다고……!"

그야말로 일촉즉발. 따끔따끔한 긴장감이 그 자리에 가득 차 있다. 가능하면 트러블은 피하고 싶지만, 섣불리 움직이면 충돌을 불러일으키고 만다. 해결책이 없는지 코타로가 고민하고 있을 때,

"마스터. 여기는 맡겨 주세요."

한 소녀가 머플러를 나부끼면서 쓱 앞으로 나섰다.

"뭐야, 이 꼬맹이."

자신들의 배 근처까지밖에 오지 않는 몸. 가냘픈 손발. 재주넘기라도 보여 줄 생각이냐고 마을 사람들은 생각했지만…….

"전투 모드 기동. 해머, 액티브."

"""오옷……?!"""

"잘 보고 계세요……! 얍!"

"""오오오오옷?!"""

건틀릿에 거대 망치. 자신의 장비를 장착한 프림로즈는 마을 사람들의 무리에서 벗어나서 초원에 묻혀 있던 바위를 깨부쉈다.

"성능에 의문을 가질 땐 시범을 보이는 게 유효합니다."

백문이 불여일견이었다. 말로 구구절절 설명하는 것보다도 확실히 이쪽이 빠르다. 아담한 소녀가 큰 망치를 휘둘러 자신의 키보다 큰 바위를 분쇄하는 장면은 무엇보다도 설득력이 있었다.

"그럼 나도."

""오오옷……?!""

"그렇다면 저도."

""오오오오오옷?!""

"저, 저도!"

""오오오오오오오옷!!""

프림로즈를 따라서 코타로와 모니카, 릴리엘이 마을 사람들에게 힘을 피로한다.

근처에 있던 적재장에서 장작을 주워 그걸 공중에서 잘게 써는 코타로. 상처 입고 있던 어린애를 발견해 치유의 힘으로 치료하는 모니카. 릴리엘은 숨겨 뒀던 천사의 고리와 날개를 꺼내 그걸 조금 움직인 정도였지만── 여기까지 오면 이젠 뭐든 좋다. 마을 사람들은 이미 용사 일행을 보는 시선을 완전히 바꾸고 있었다.

"호, 혹시, 진짜로……?"

옛날이야기라고만 생각했지만, 이 정도의 힘을 보이면 믿지 않을 수 없다.

혹시, 어쩌면── 그들은 진짜 용사?

"아니, 하지만 제물은 네 명이야!"

"누군가가 따라가지 않으면……."

"잠깐, 잠깐만! 진짜로 맡길 셈이냐?!"

하지만 그래도 암흑룡에게 받은 공포는 뿌리 깊었다. 일반인을 벗어난 괴력과 검술을 보아도 그들의 마음속에는 막연한 불안이 있었다.

앞으로 하나, 한 계기가 더 필요하다. 두말없이 수긍할 만한 무언가를——.

《후후후…… 아하하…….》

"뭐지……?"

그때 어디선가 웃음소리가 들려왔다.

달콤하고 요사스러운 소녀의 목소리가 마을 전체에 울려 퍼지고 있다.

마을 사람들은 등골에 오싹함을 느끼며 홀린 듯 주변을 둘러본다.

하지만 아무것도 없다. 이 자리에서 웃고 있는 사람은 어디에도——.

"도마뱀 한 마리 때문에 야단법석을 떨다니……. 후훗."

""".....읍?!"""

흑발의 소녀가 두둥실 하늘에 떠올랐다.

자주색 빛을 두르고 소년의 검에서 빠져나온 소녀. 그윽한 아름다움을 가진 그녀는 도저히 이 세상의 존재라고는 생각되지 않는다. 그녀의 등장 때문에 마을을 에워싸고 있던 분위기마저도 바뀐 듯했다.

"당신은…….."

"정령……. 아니, 여신님……?"

남자 몇 명이 주춤주춤 다가가지만, 일정 거리까지 오자 딱 멈추고 말았다.

신성함과는 다르다. 소녀가 가진 환상적인 매력은 참을 수 없을 만큼 사람을 끌어당기지만 닿는 건 망설여진다.

"맡겨 줘. 드래곤 정도는 깔끔하게 쓰러트려 줄게."

"""예입!"""

요사스러운 꽃 같은 소녀를 앞에 두고 어느새 마을 사람들은 절하고 있었다.

──이분에 비하면 암흑룡 따윈 별거 아니다.

그녀에게서 무언가 커다란 힘을 감지한 마을 사람들은 이번에야말로 불안을 씻었다.

"……좋은 부분만 다 빼앗겨 버렸네요."

"뭐, 그런 녀석이야."

여태껏 검 속에서 잠자고 있는 줄 알았더니 잰 듯한 타이밍으로 나타난다. 의미심장하게 미소 짓고는 정확하게 틈을 찔러 사람들을 매료시킨다. 자신을 활용하는 법을 잘 알고 있는 엑셀리아에게 인심 장악은 별것도 아니었다.

역사를 들춰 보면 나라를 기울게 할 정도의 미녀, 즉 경국지색이 자주 등장하는데 그녀도 입장이 달랐다면 그렇게 되었을지도 모른다.

마을 사람들의 마음을 잡은 엑셀리아를 응시하면서 릴리엘은 멍하니 그런 걸 생각하고 있었다.

4

클로서스 고원에는 호수나 숲이 점점이 흩어져 있다.

그중에서 몇 곳은 캠프장으로 개방되어 있고, 암흑룡이 제물의 제단으로 지정한 곳도 바로 그런 장소였다.

"그럼 저희는 여기까지……."

벌벌 떨며 되돌아가는 마을 사람들. 그 등을 배웅한 다음 릴리엘은 주먹을 하늘 높이 들어 올리고는…….

"좋아, 여여여여러분, 힘냅냅냅냅……."

"이 떨리고 있어."

물에 빠진 생쥐처럼 와들와들 떨고 있었다.

"죄, 죄송해요. 막상 암흑룡과 싸우려니까 뭔가 무서워져서."

"괜찮아요. 제가 확실하게 지킬 테니까요."

"나도 앞에 설 거니까, 안심해."

"그, 그건 알고 있지만요……."

코타로나, 프림로즈, 모니카의 실력은 이제까지의 여행으로 잘 알고 있었다.

그들 중 한 명으로도 드래곤 정도라면 어떻게든 할 수 있을 것 같다는 생각은 하고 있었다.

하지만 '암흑룡은 무서운 존재'라고 들으며 자란 릴리엘이다. 어릴 적부터 머릿속에 박힌 고정관념은 그녀에게 생리적인 공포를 심어 두고 있었다.

"암흑룡은 옛날이야기에도 나올 정도니까요. 선대 용사님의 영웅담에도 암흑룡과의 싸움은 커다란 고비로서 그려져 있고요……. 실제로 본 적은 없지만 이제까지 중에서 가장 큰 적이라고 생각해요."

"슬라임이나 리치나 돼지에 비하면 뭐라도 크게 보이지 않니?"

"뭐, 그건 그렇지만요!"

비교 대상이 안 좋다. 릴리엘도 그렇게 생각했지만…….

"드래곤은 마물 중에서도 강한 힘을 가졌고 암흑룡은 일반적인 드래곤이랑 비교해서 4배는 더 강하다고 알려져 있어요. 말하자면 4드래곤이에요, 4드래곤."

"4드래곤……."

"아무리 용사님이라도 고전하실 거라고 생각해요."

썩어도 준치. 세계가 다르다고 해도 드래곤은 드래곤이다. 강적의 대명사기도 한 마물이 상대라면 아무리 코타로라도 상처 없이 쓰러트릴 수는 없을 것이다.

"알았어. 주의할게."

선의에서 나온 경고에 코타로는 진지한 얼굴로 끄덕였다.

"그럼 제물로 위장을 하죠. 코타로 씨는 조금 떨어진 곳으로 가 주세요."

"예."

적의 강함을 인식하고 즉시 작전을 실행한다.

캠프장의 중심에 쌓인 공물의 산. 그 옆에는 친절하게도 제물용 의자가 설치되어 있다. 그곳에 네 소녀가 앉으면 암흑룡이 오는 방식이다. 코타로 일행은 그 방식을 이용해서 적을 유인해 낼 생각이었다.

"릴리 양은 제 곁에……."

"앗, 예!"

"리아 씨와 프림 양 두 분이 양쪽에 포진하시고……."

"라저."

"알았어."

"그럼 여러분. 조용히."

가엾은 제물로 위장하여 기습하려는 소녀들. 그녀들은 모두 고개를 숙이고 연약한 척을 하면서 암흑룡이 어슬렁거리며 오길 기다리고 있었다.

하지만,

"으음……."

한 시간이 지나고,

"아직 멀었을까요……."

두 시간이 지나고,

"주변에 적의 모습 없음."

세 시간이 지나도 아무 일도 일어나지 않는다.

"어떻게 된 거야? 아무 일도 일어나지 않잖아."

"타이밍이 틀린 걸까요……?"

"상대방에게도 사정은 있으니까요. 갑자기 몰려오면 대처 못

할 때도 있겠죠."

"사전 연락 필수라는 소리야? 사무적인 드래곤이네……."

앉아 있는 데도 지친 소녀들은 점점 해이해지기 시작했다.

말수가 늘고 자세가 무너지며 비탄에 잠긴 제물다운 모습이 없어지고 있다. 프림로즈만이 마네킹처럼 앉아 있었지만 모니카나 릴리엘은 꾸물꾸물 엉덩이를 움직였고 엑셀리아에 이르러선 무릎에 팔을 대고 턱을 괴고 있었다.

"조금만 더 기다리고 있어 줘."

"용사님."

"지금이 마침 식사 시간이야. 점심을 먹기 위해 드래곤이 올지도 몰라."

"그건 그거대로 싫지만요……."

근처에 있는 수풀이 바스락바스락 흔들리더니 숨어 있던 코타로가 얼굴을 드러냈다.

그 얼굴과 팔은 나뭇가지와 잎투성이였고 옷에는 가시풀 같은 게 붙어 있다. 용사씩이나 되시는 분이 이런 모습이 되면서까지 견디고 있다. 자신들이 힘내지 않으면 누가 힘내나. 두 시간, 세 시간 정도가 대수냐. 그렇게 생각한 릴리엘은 허리를 반듯하게 세우고,

"아무튼 계속 기다려 볼게요!"

그리 말하며 시들고 있던 기력을 분발시켰다.

하지만 그런 그녀의 의욕과는 반대로,

"조금만 더, 조금만 더 있으면……."

거기에 한 시간 더,

"안 오네요……."

두 시간이 지나고,

"레이더에 반응 없음."

합쳐서 여섯 시간이나 계속 기다려 봤지만 역시 암흑룡은 나타나지 않았다.

"아, 정말! 관두자, 관둬!"

가장 먼저 소리를 지른 건 역시 엑셀리아였다.

"이래선 헛수고잖아. 이대론 해가 지고 말 거야."

의자에 앉은 채로 손발을 늘어트리고 축 늘어져서 등받이에 몸을 맡기는 엑셀리아.

그녀는 나른하게 프림로즈에게 시선을 향하더니 늘어진 손길로 하늘을 가리켰다.

"프림. 네 탈것으로 하늘 좀 날아 주렴. 하늘에서 보면 금방 찾을 수 있을 거야."

"그래도 괜찮습니까?"

"아니, 안 돼. 경계해서 도망치기라도 하면 곤란해."

"그건 그렇지만……."

불만스러운 표정을 지은 엑셀리아는 여전히 뭔가 말하려고 하다가 결국엔 입을 다물고 말았다.

"하지만 어째서 오지 않는 걸까요?"

무릎을 끌어안는 엑셀리아의 옆에서 모니카가 고개를 갸웃거린다.

"어젯밤에 마스터께서 교전하셨던 마물과 마찬가지인 건?"

"야행성이란 건가요?"

"선대 용사님께서는 낮에 싸우셨던 모양이지만…… 이번엔 야행성일지도 몰라요."

"야행성 드래곤인가……."

집 안에서만 목소리 큰 가장 같은 느낌이었다. 적어도 건강하지 못한 생활을 보내고 있을 것 같기는 하다.

그렇게 생각한 순간, 암흑룡이 초라하게 느껴져서 일행은 맥이 빠지고 말았다.

"그나저나 벌써 이런 시간인가. 점심 지날 때쯤엔 끝날 거라고 생각했는데."

"아침부터 시작해서 벌써 해 질 녘이야. 이제 녹초가 다 됐어."

지긋지긋한 표정의 엑셀리아가 자신 배를 쓰다듬었다.

"허리는 뻐근하고 배도 고프고……."

"확실히 배는 고프네."

전투가 일어나지 않는다는 걸 알고 나니 갑자기 공복감이 밀려온다.

나올 거야, 나올 거야 하다 보니 식사도 하지 않고 암흑룡을 계속 기다리고 말았다.

아직 해는 높았지만 점심을 먹기에는 너무 늦은 시간대였다.

"마을로 돌아가서 뭔가 먹을까?"

"아, 안 돼요! 그 타이밍에 암흑룡이 나오면……."

"그렇군. 그러면 안 되네."

제물이 없다는 걸 알면 암흑룡이 무슨 짓을 할지 모른다.

배가 고프다고 마을로 돌아갔다가 그대로 브레스에 불태워지면 눈 뜨고 못 볼 사태다.

그렇다고 해서 공복을 이길 수 있을 것 같지도 않고——.

"이걸 먹으면 되지 않습니까?"

고민하고 있을 때 프림로즈가 등 뒤를 가리켰다.

거기엔 약간의 금화, 은화 말고도 과일과 고기, 생선 등이 쌓여 있다. 암흑룡에게 바치는 공물이다. 확실히 이걸 먹으면 배를 채울 수 있다. 너무 가까이에 있어서 반대로 깨닫지 못했다. 맹점이었다.

여전히 암흑룡은 모습을 보이지 않지만 식량 문제는 이걸로 해결되었다.

프림로즈가 곧바로 싱싱한 자두에 손을 뻗으려고 했지만.

"아, 안 돼, 프림! 그건 공물이고……."

"식량은 식량입니다. 영양 공급원임에는 변함없습니다."

"하, 하지만……."

"어차피 쓰러트릴 거니까 조금 정도는 괜찮잖니?"

"아앗, 드시고 말았어……."

엑셀리아는 막으려는 릴리엘을 무시하고 무화과를 집어 들더니 껍질을 벗기고 덥석 물었다.

"이걸로 어떻게든 될 거 같지만 역시 과일만 먹기는 좀 그러네."

"장기전이 될 줄 알았으면 제대로 된 걸 먹고 싶네요."

"하지만 즉시 먹을 수 있는 건……."

코타로와 모니카도 완전히 먹을 생각 만만이다. 이렇게 되면 막을 방법이 없다.

거기에 어차피 쓰러트릴 상대의 것이라는 생각도 틀리진 않았다. 이제부터 없어질 상대를 신경 써 봐야 부질없다. 애초에 암흑룡이 원한 건 제물인 소녀들이고——.

"으음……. 뭐, 상관없나."

엑셀리아만큼 딱 잘라 생각할 수는 없었지만 릴리엘도 공물에 손을 대기로 했다.

"과일이랑…… 치즈? 으음, 뭐 이 정도 있으면."

술은 못 마신다. 말린 음식은 딱딱하다. 생고기와 날생선은 그대로 먹기엔 적합하지 않다.

그렇다면 역시 선택지는 한정된다. 그다지 마음에 내키지는 않았지만 릴리엘은 주먹 크기의 치즈를 집어서 다람쥐처럼 덥석 물려고 하다가,

"……아니! 여기선 불을 피우자!"

놀라서 고개를 들자 코타로가 부싯돌을 손에 들고 있다.

"도구는 있고 이곳은 원래 캠프장이야. 고기도 구울 수 있고 물도 끓일 수 있어."

"뭐, 그건 그렇지만요……."

"거기에 연기가 나면 그게 표식이 되어 암흑룡이 보고 올지도 몰라."

"앗……! 그, 그렇군요! 봉화를 올리는 거네요?!"

"그래!"

용사다운 혜안이었다. 그야말로 일석이조의 계획이다. 역전의 용사는 역시 착안점이 다르다. 릴리엘은 또 한 번 반했다는 듯 눈을 반짝반짝 빛냈다.

한편 엑셀리아는 싸늘한 눈을 하고 있었다. 네 생각 같은 건 다 파악하고 있다는 시선으로 코타로를 바라보다가 불쑥 한 가지 질문을 던졌다.

"……그래서? 그 본심은?"

"이거라면 바비큐 파티를 할 수 있어……!"

"그런 거겠지 싶었어."

어깨를 움츠리며 숨을 내쉬는 엑셀리아.

릴리엘의 열기도 단번에 식어 코타로를 싸늘한 시선으로 본다.

"아, 아니, 그게 아니라! 봉화가 되었으면 하고 생각했던 건 진짜야……!"

"그래, 그래. 그렇지. 네 말대로야."

"그렇죠. 그럼 전 장작을 모아 올게요."

"으으…….."

묘책이었던 건 틀림없다.

제대로 된 식사도 할 수 있고 위치를 알리는 봉화도 된다. 그건 본인도 그 주변 사람들도 인정하는 거였지만── 욕망에 진 게 켕겨서 코타로는 쥐구멍에 들어가고 싶은 기분이 되었다.

시간이 지나가는 건 빠르기도 해서 여름 하늘에 뜬 태양도 완전히 떨어지려 하고 있었다.

"숯은 준비 다 됐어~."

"네~ 잠깐 기다려 주세요~!"

식사는 아직 하지 않았다. 코타로에게 찬동한 건 아니지만, 이 왕이면 바비큐 파티를 하는 게 낫겠다 싶었기 때문이다.

"프림, 다 잘랐어?"

"잠시만 기다려 주십시오. 식재료의 크기를 맞추기 위해 최적의 각도를 계산 중입니다."

"후훗, 적당히 잘라도 괜찮아요."

마른 나뭇가지를 태워서 숯에 불을 옮기고 식재료를 잘라 쇠꼬챙이에 꽂아 둔다. 문장으로 표현하면 단지 그뿐이었지만 다들 야외 활동에 익숙하지 않았기에 생각 이상으로 시간이 걸리고 말았다.

"좋아~ 그럼 굽자!"

그래도 애쓴 만큼 감동도 더 컸다. '이래서 남자애란……' 이라며 코타로를 어이없어하던 소녀들도 지금은 화덕 앞에서 설레고 있었다.

"왠지 두근두근하네요."

"그렇죠?"

"너무 들뜨지 마."

뜨거워진 철망 위에 고기와 채소, 생선 등이 지글지글, 탁탁 튀기는 소리를 낸다.

그 소리와 향기에 코타로 일행은 그 자리에서 움직이질 못했다. 안절부절못하며 쇠꼬챙이를 돌리면서 아직인가 침을 삼킨다.

"슬슬 먹어도 되려나?"

이윽고 80% 정도 음식이 익었을 무렵.

용사 일행은 일단 화덕 앞에서 떨어져서 코타로를 중심으로 모였다.

"결국 암흑룡은 오지 않았지만…… 하지만 아직 밤이 남았어! 그에 대비해서 모두 많이 먹도록 해!"

"""오~!"""

이럴 때만은 결속이 잘되는 파티다.

코타로의 건배 선창이 아닌 다 먹자 선창에 소녀들은 기운차게 대답했다.

"그럼, 잘 먹겠습니다~!"

"""잘 먹겠습니다~!"""

그리고 일동은 기쁨 가득한 얼굴로 화덕 쪽으로 몸을 돌리고…….

화르르르르르르르르르르르르르르르르르르르르르르!

"………………………………."

뭔가가.

뭔가가, 일어났다.

불꽃의 기둥이…… 눈앞을 가로질렀다……. 가로지른 것처럼 보였다.

그리고 일행이 준비한 바비큐 재료가 예비 식재료와 함께 불꽃에 휩싸여——.

"그하하하하하하하하하!"

완전히 어두워진 캠프장을 붉은 불꽃이 휘황찬란하게 비추고 있다.

그곳에 거대한 그림자가 내려왔다. 칠흑의 날개를 가진 그 마물은 바로 드래곤.

《약속대로 제물을 준비한 모양이군!》

전장 5미터. 거대한 몸을 자랑하는 암흑룡은 포효하듯 말을 걸었다.

가엾은 제물에게. 연약한 생물에게. 그리고 맛있는 기호식품에게.

"꽤 미인들 아닌가. 게다가 공포에 빠져서 비명조차 지르지 못하는 걸로 보이는군. 그래! 그래야지! 인간의 부정적인 감정이야말로 최상급의 조미료가 된다!"

암흑룡은 매우 기분이 좋아 보였다. 장난삼아 클로서스에 손을 댄 게 정답이었다고 생각했다.

"자아, 누구부터 먹어 줄까……?"

나란하게 자란 이빨을 내비치며 더욱더 사냥감을 위협하는 암흑룡.

일반적으로는 여기서부터 즐거운 저녁 식사가 시작되지만,

"……응? 그 눈은 뭐지?"

이번엔 상대가 좋지 않았다는 말밖에 할 말이 없다.

말없이 검을 뽑는 코타로와 임전 태세를 취한 소녀들은, 의아스러워하는 암흑룡을 향해 좀비처럼 천천히 다가갔다.

"이 정도로 크면 굽는 것도 일이네……."

십여 분 정도 지난 다음, 코타로 일행은 바비큐 파티를 다시 시작하고 있었다.

"잘라서 나눌까?"

"즉시 자를 수 있습니다만."

"아니 그러면 분위기가 안 살아."

캠프장의 중심에서 불을 둘러싸고 식재료를 굽는 코타로 일행.

아까 전과 그다지 다르지 않은 광경이지만── **굽고 있는 건 암흑룡이다.**

"이런 건 역시 통구이로 구워야……."

"그것도 그러네."

암흑룡이 흩뿌린 불꽃 브레스. 그 브레스에 의해 불탄 식재료와 도구를 한곳에 모으고 거기에 숯과 목재를 대량으로 집어넣어 커다란 캠프파이어를 만든다. 그 위에 때려눕힌 암흑룡을 올려서 새롭게 바비큐 파티를 시작한다.

"드래곤 스테이크도 한 번쯤은 먹어 보고 싶었단 말이지……."

코타로는 눈을 희번덕거리고 있었다.

그러는 것도 당연하다. 염원하던 바비큐 파티를 방해받았으니까.

"드래곤은 식용에 적합할까요?"

"괜찮지 않겠니? 도마뱀은 맛있다는 얘기도 있고."

"속이 안 좋아져도 제가 고칠 테니 안심해 주세요."

프림로즈와 엑셀리아, 모니카의 상태도 이상하다.

이쪽도 어쩔 수 없다. 그녀들 또한 바비큐 파티를 기대하고 있었으니까.

"자아, 잘 구워 주마, 드래곤……!"

용사 일행의 분노를 사서 복수의 불꽃에 휩싸인 암흑룡은 더는 대답하지도 못한다.

이대로 골고루 익어서 맛있는 요리가 될 수밖에 없다──.

그런 광경을 가까이에서 보고 있던 릴리엘은 코타로 일행과는 반대로 냉정했다.

"아아아앗……!"

자신들이 한 비상식적인 짓은 충분히 이해하고 있었다.

'그 암흑룡을…… 옛날이야기에 나오는 드래곤을……!'

설마 저녁밥으로 만들어 버리다니──.

겁 없는 용사 일행의 행동에 릴리엘은 완전히 식겁하고 말았다.

""""마임마임마임마임…… ♪""""

이상한 분위기도 최고점에 달해 마침내 용사 일행은 불을 둘러싸고 춤을 추기 시작했다.

릴리엘은 악마 숭배 의식 같은 광경을 뇌리에 새기면서 오들오들 다리를 떨었다.

막간극 「그 세계, 노르웨이」

"드래곤 스테이크 뜻밖에 맛있었어."

그렇게 말하며 만족스럽게 숨을 내쉰 건 암흑룡의 고기를 먹어 치운 코타로였다.

"약간 질겼지만 맛은 괜찮았지."

"조리하기에 따라서 더 맛있게 먹을 수 있었을지도 모릅니다. 원래 세계에서 단백질 분해 효소를 가져올 걸 그랬습니다."

"주여, 이 식사를 내려주신 은총에 감사를……."

새로 피운 불을 둘러싸고 각자 여운에 빠진 소녀들.

모처럼 준비한 식재료가 불타 없어졌을 땐 어떻게 해야 하나 싶었지만―― 인생사 새옹지마라고, 드래곤을 구워 먹는 건 꽤 모험이었지만 결과적으로는 만족스러웠다.

사고와 트러블에 대한 대처도 캠프의 묘미라는 거겠지.

모닥불에 희미하게 비친 용사 일행의 얼굴은 다들 만족스러운 표정이었다.

――단 한 사람을 제외하면.

'어, 엄청난 짓을 저지르고 말았어……!'

잘 익혀서 맛있게 먹고 남은 암흑룡의 잔해를 바라보며――.

천사 릴리엘은 새파란 얼굴로 덜덜 고개를 저었다.

'이런 얘기 다른 사람에게 못해. 친구들이 알면 절대로 날 피할 거야!'

제물을 요구하는 사악한 용을 제물로 위장해서 퇴치한다.

멋진 이야기이다. 영웅담의 본보기 같은 활약이었다.

하지만 그다음이 문제였다. 식재료를 태워 버렸다고 분풀이로 용을 굽고 거기에 먹기까지 하다니! 해도 너무 했다. "나 말이여~ 드래곤 새끼 구워서 먹어 부렀어! 고놈 쫄따구 주제에 희한하게 맛있더라고, 크하하하하하하!"라고 무용담처럼 다른 사람에게 말하면 다들 식겁할 사건이다.

'이 일은 영원히 가슴속에 담아 두자⋯⋯.'

무덤까지 가져갈 것이 점점 늘어나는 릴리엘이었다.

"그나저나 용사님은 정말로 강하시네요. 드래곤을 도마뱀 취급하시다니."

"응?"

"계속 그런 느낌으로 싸우셨나요?"

"아니, 그렇지는 않았어. 이래 봬도 고전한 적도 많았어."

홍차를 따른 컵을 나누어 주면서 코타로에게 묻는 릴리엘.

그 질문을 받고 코타로는 격렬했던 전투 몇 개를 떠올린다.

"먼저 가장 첫 번째 모험. 마신이었던 리아는 엄청나게 강했어."

"네가 약했던 거야."

"다음은 모니카 씨의 세계. 다섯 번 정도 죽을 뻔한 걸 모니카 씨가 살려 줬어."

"힘내서 치료했어요."

"프림 때도 굉장했지. 적측의 최종 병기는 더는 이 세상의 것이라곤 생각되지 않을 정도였어."

"그걸 쓰러트린 마스터도 보통이 아니시지만요."

"하아……."

가벼운 느낌으로 말하고는 있지만 전부 사지라고 부를 만한 곳이었겠지.

상상을 초월하는 세계를 접한 릴리엘은 길게 한숨을 내쉬고 말았다.

"아, 하지만 그 세계는 위험했지, 이젠 정말 끝이라고 생각했어."

"예? 어떤 세계인가요?"

"【개념을 먹는 자】라는 괴물에게 습격받은 세계였는데……."

"【개념을 먹는 자】?"

이름부터가 거물로 보이는 마물이다.

코타로의 험악한 표정도 한몫 거들어서 엑셀리아를 제외한 소녀들은 상반신을 앞으로 내밀었다.

"그 녀석이 먹은 개념은 이 세상에서 소멸해. 벌레가 좀먹어서 너덜너덜해진 사전처럼 되어가지. 그걸 해결하기 위해 나를 불렀는데 그때는 정말 모든 것이 끝나기 일보 직전이어서……
노르웨이라는 개념밖에 남아 있지 않았어."

"""노르웨이?"""

대체 무슨 말인가. 의아스러운 표정을 지을 소녀들을 앞에 두고 코타로는,

　"응, 그러니까, 노르웨이에 도착한 나는 노르웨이들의 마중으로 노르웨이로 향했는데 그곳엔 노르웨이가 노르웨이니까 이유도 모른 채 노르웨이 해서……."

　"저, 정신 차려 주세요!"

　점점 상태가 이상해져 가는 코타로를 필사적으로 흔들어서 어떻게든 '저쪽 세계'로 가는 걸 저지한 릴리엘.

　"아, 응. 괜찮웨이."

　"후유증이 남았어요?!"

　이렇게 될 때까지 계속 싸워 온 코타로다. 이 세계에서 긴장이 풀리는 것도 어쩔 수 없는 일이라고 릴리엘도 생각하기 시작했다――.

제5장 결전! 한정 손님 열 명 편

1

《……드라스 님. 볼드라스 님.》

정적 속에서 희미한 소리가 들려온다.

《볼드라스 님, 드릴 말씀이.》

파리 소리를 닮은 그 목소리는 귀에 익었다.

《……볼드라스 님?》

하지만 그는 대답하지 않는다. 대답할 필요는 없다. 어차피 하찮은 소리일 게 분명하다.

인간을 죽여라. 나라를 멸망시켜라. 위엄을 보여라. 공포를 퍼트려라. 늘 하는 잔소리는 이제 듣는 것도 진절머리가 났다. 어째서 자신이 그런 짓을 해야 하는가. 그런 사사로운 일은 부하의 담당이다. 일부러 자신이 나설 필요는 없다.

자신에게 중요한 건 단 하나. 그것은———.

《볼드라스 님. 암흑룡이 당했습니다.》

"……뭐?"

생각지도 못한 말을 듣고 그의 눈꺼풀이 서서히 뜨인다.

기골 장대. 위풍당당. 무인다운 갑옷을 몸에 걸쳤지만 인간의 형상에서 벗어난 남자.

볼드라스 코어 레브리스는 보고를 한 집사에게 물었다.

"누가 그랬지? 기사단인가? 아니면……."

《인간입니다. 그것도 불과 다섯 명인.》

"호오."

《그 전투력, 필시 용사가 아닐까 합니다.》

"그런가……."

볼드라스는 그렇게 중얼거리고는 다시 눈을 감고 등받이에 몸을 기댔다.

그의 마음속을 오가는 건 감회, 안도, 흥분, 불안……. 뒤섞이는 감정 중에 복수심은 없다. 그런 감정을 안고 있을 정도로 그는 감상적이지 않다.

단지 커다란 기쁨만큼은 확실하게 느껴졌다.

드디어 적과 만났다는 흘러넘칠 정도의 환희가──.

《저기, 볼드라스 님……?》

입을 다물고 만 주인을 의아스럽게 보는 집사. 볼드라스는 파리 머리를 한 집사를 신경 쓰지 않고 옥좌에서 일어섰다.

"나갔다 오겠다."

《네?! 어, 어디에 가시는지요?!》

"새로운 용사라는 자의 얼굴을 보러 간다."

볼드라스는 그렇게 말하고 진홍의 망토를 휘날리며 알현실에서 나가려 했다. 그걸 집사가 뒤따르며 어떻게든 막으려 든다.

《고정하여 주십시오! 홀로 가시는 건 위험합니다! 이번 용사는 암흑룡을 단칼에 벨 정도의 달인이고……!》

"걱정하지 마라."

붕붕 소리를 내며 날아다니는 집사에게 볼드라스는,

"그 정도라면 나도 할 수 있다."

형형하게 빛나는 시선을 향하곤 딱 잘라 말했다.

2

"어제는 대단히 시끌벅적했네요!"

이른 아침, 용사 일행은 옅은 안개가 낀 숲 속을 걸어가고 있었다.

"마을 분들도 그렇게 기뻐하시곤……."

탁탁탁 소리를 내며 앞서 달려간다 싶더니 휙 돌아보는 릴리엘. 아직 여운에 빠져 있는지 그녀의 표정은 밝다.

"하지만 아무 말도 없이 나와도 괜찮았나요?"

발을 딱 멈추고 릴리엘은 코타로에게 물어봤다.

그렇다. 클로서스에서 야반도주하듯 빠져나오고 말았다.

최소한 인사 정도는 하는 게 낫지 않나 생각한 그녀였지만,

"괜찮아. 이야기는 넘칠 정도로 했고. 게다가……."

"게다가?"

"무리해서라도 나오지 않으면 계속 붙들려 있을 것 같으니까."

"그것도 그러네요."

릴리엘은 쓴웃음을 지었다. 여하튼 마을 사람들의 야단법석
은 뭐라 할지, 천지가 뒤집힌 것만 같았다. 마을을 덮친 미증유
의 위기를 용사가 해결한다. 그야말로 옛날이야기 같은 전개에
너나 할 것 없이 환희했다.

음주가무의 대잔치. 그 잔치는 밤늦게까지 이어졌고 주인공
인 코타로 일행은 그동안 계속 누군가에게 시달렸다. 젊은 여
자에 벌건 얼굴을 한 아저씨, 용사를 동경하는 어린애도 있었고
눈물을 흘리는 노인도 있었다. 물밀 듯 밀려온다는 말은 이런
상황을 뜻하겠지. 그리고 그건 다음 날도 또 그다음 날도 이어
질 것임을 쉽게 예상할 수 있었다.

그렇기에 서둘러서 도망치듯 나왔지만,

"어, 그러니까, 길은 이쪽이 맞던가."

"네, 마스터. 다음 세 갈래 길에서 왼쪽입니다. 그리고 그대로
구불구불한 길을 나아가서……."

"흠흠."

아침과 밤의 숲은 인상이 달라서 왔던 길을 돌아가는 것도 고
생이었다. 제대로 작별 인사를 마친 후, 품삯을 내고 마차를 빌
렸으면 좋았을 거라 생각하는 일행이었다.

"릴리 양. 다음 목표는 어떻게 되나요?"

"앗, 예. 잠시만 기다려 주세요."

코타로와 프림이 얼굴을 맞대고 있는 동안 모니카는 문득 생
각나서 물어보았다.

암흑룡을 쓰러트린 현재, 다음 해야 할 일은 무엇인지.

"거물 같아 보이는 녀석도 쓰러트렸으니…… 슬슬 마왕군의 간부나 마왕군의 장군이 나오는 거 아닐까?"

"후훗, 그러면 좋겠네요."

아무튼 마물 중에서도 특출 난 녀석을 쓰러트렸다. 드래곤 이상이라면 마왕군의 중진밖에 떠오르지 않는다. 단지 드래곤이 그 정도로 약했으니 뭐가 나와도 대단한 위협은 되지 않겠지.

안심감 때문인지 혹은 여유인지 엑셀리아와 모니카는 농담 반 진담 반으로 이야기했지만——.

"어……?"

릴리엘의 상태가 어딘가 이상했다.

"그럴 수가, 말도 안…… 아얏?!"

언제나의 포즈를 취하나 싶더니 갑자기 머리를 감싸고 웅크리고 말았다.

"왜, 왜 그러시나요?"

놀란 모니카가 달려가 반사적으로 치유술을 사용한다.

하지만 그래도 아픔은 가시지 않는지 릴리엘은 고통으로 얼굴을 찡그리고 있다.

"뭔가가, 이상해요. 평소와는, 힘이, 전혀 달라서……."

"힘이 달라……?"

이변을 느끼고 다가온 코타로에게 릴리엘이 기대어 왔다.

그의 손을 꽉 잡고 숨을 헐떡이면서도 릴리엘은 무언가를 전하려고 한다.

"마왕이 온다! 마왕이 온다! 하고 경고처럼……."

"마왕?!"

불온한 느낌에 그 자리의 긴장감이 감돌 때였다.

숲 안쪽에서 무언가가 다가왔다.

"마스터. 주의해 주십시오."

"그래, 알고 있어……."

모습은 보이지 않는다. 소리도 나지 않는다.

하지만 빽빽한 나무 너머에 '무언가가 있다'. 그것만큼은 알 수 있다. 느껴져 온다.

"릴리 양은 제 뒤로 가 주세요."

평소엔 온화한 모니카마저도 유려한 눈썹을 곤두세우고 경계하고 있다.

이 위압적인 존재감. 릴리엘이 입에 담은 마왕이란 말.

'설마 이 자리에?' 같은 생각을 했지만── 그 남자를 앞에 두자 의혹은 확신으로 변했다.

"그렇군, 네놈이 용사인가."

검게 흔들리는 독기를 휘감고 여유 있는 모습으로 나타난 대장부.

전신 갑옷을 입은 남자로도 보이지만 적동색 피부 머리 옆에 난 뿔은 인간을 벗어난 모습이었다.

"좋은 표정을 짓고 있군. 경험을 쌓아온 전사의 얼굴이다."

남자는 품평하듯이 코타로를 바라보고 만족스럽게 끄덕였다.

"이름을 대라, 인간. 이름을 기억해 주지."

"그쪽이 먼저 이름을 대라. 그게 예의다."

"호오, 담력도 있군. 그렇다면 경의를 표해야겠지."

침착한 코타로를 향해 남자가 쿡쿡 웃고는 팔짱을 끼며 말한다.

"나의 이름은 볼드라스. 볼드라스 코어 레브리스."

"레브리스……!"

"그래. 그 이름이 가리키는 대로 나는 마왕의 자식……. 그리고 당대의 마왕이다."

숨길 필요도 없다는 건가. 아니면 눈치채고 있겠지? 하고 비웃고 있는 것인가.

마왕은 홀로 이름에 반응한 릴리엘을 향해 시선을 옮긴다.

"그렇군, 네놈이 길잡이 천사인가."

"그, 그래요!"

"그렇다면 나는 네놈의 힘에 감쪽같이 낚인 건가? 아니면 내가 네놈들을 낚은 건가."

"무…… 무슨 말인가요?!"

"암흑룡 말이야. 그 날개 달린 도마뱀. 그 녀석을 쓰러트린 자가 있다. 그자가 아무래도 용사인 모양이더군. 나는 그 말을 듣고 여기까지 왔다."

"귀중한 전력이 당해서 보복하려고 온 거군요……!"

"귀중한 전력? 보복? 크, 크큭, 하하하하하하하하핫!"

볼드라스는 진심으로 우습다는 듯이 웃었다.

이 정도로 유쾌한 일은 없다고 배를 잡고 폭소했다.

"뭐가 웃긴 거죠!"

"아니, 엉뚱한 착각을 한다고 생각해서 말이지."

"……착각?"

"그래. 암흑룡은 귀중한 전력이 아니다. 그건 말하자면……
미끼다. 강자를 낚기 위한 미끼지."

가슴 앞에 주먹을 꽉 쥐고 볼드라스가 말했다.

"나는 싸움이 좋다. 강자와의 싸움을 무엇보다 더 사랑하고
있다. 하지만 이 세계에는 약자만이 넘쳐나고 흡족한 상대는 한
줌밖에 되지 않는다."

"그렇군. 그럼 암흑룡은 강자를 선별하기 위한……."

"그래, 말 그대로 미끼지. 내 상대가 되려면 그 정도는 손쉽게
쓰러트릴 실력이 필요하다."

히죽하고 사나운 웃음을 보이는 볼드라스.

정말로 악취미였다. 사람들을 구하기 위해서 용이나 마수와
싸운 영웅들. 이 마왕은 그런 호걸들을 눈여겨보다가 자신의 취
미로 사냥하고 있었다. 그들의 최후를 생각하면 비통함에 가슴
이 죄인다.

하지만 그 덕에 마왕이 나타난 거라면 용사 일행에게도 마침
좋은 기회였다.

코타로는 검을 손에 두면서 마왕을 노려보았다.

"그렇다면 우리는 합격이란 건가."

"그렇다……고 하고 싶지만."

볼드라스는 머뭇거리더니,

"태도가 느슨하다. 풀어져 있어. 영 탐탁지가 않아……. 그런가, 네놈들 이 세계의 미적지근한 분위기에 중독되었군? 아주 약간이지만 빈틈이 보인다."

흥이 깨졌는지 웃음마저도 사라졌다.

"어차피 검을 주고받을 거면 완벽한 상태인 네놈들과 싸우고 싶다. 그렇지 않다면 시시하다."

그렇게 말하고는 발길을 돌리는 볼드라스.

"조금 유예를 주지. 근성을 바로잡고 내 성으로 와라. 장소는 그 천사에게 듣도록."

그 말만을 남기고 그는 뒤돌아보는 일 없이 숲 안쪽으로 사라지려고 했지만——.

코타로는 그 등을 향해 예리한 살기를 내뿜었다.

"기다려! 도망칠 수 있을 거라 생각했나!"

제멋대로인 태도를 따를 이유는 없다. 마왕에게 싸울 의사가 있든 없든 그가 세계의 적이라는 사실은 변함없다. 일부러 거처하는 성으로 갈 필요도 없다. 여기서 쓰러트리면 그걸로 모든 게 끝난다.

그렇게 판단한 코타로는 자세를 바로 하고 검을 뽑아 볼드라스에게 칼끝을 향했지만,

"이, 이 힘은……?!"

마왕의 전신에서 피어오르는 투기에 억눌려서 자기도 모르게 주춤했다.

이 위압감, 이 박력. 역시 이 녀석은 무언가가 다르다.

적어도 이 세계에서 이제까지 싸워 온 상대와는 격이 다르다

——.

"설마 네놈, 내 부친이나 부친이 만들어 낸 마물을 기준으로 생각하고 있는 건 아니겠지?"

당황하고 있는 용사 일행에게 볼드라스는 뒤돌아보며 물었다.

"저번 전쟁으로부터 300년. 그동안 내가 아무것도 안 하고 있었을 거라 생각하나?"

역시 방심하고 있었느냐고 묻는다.

쉽게 쓰러트릴 수 있다 생각했느냐고 묻는다.

그 우쭐함을 바로잡으려고 마왕 볼드라스는 용사 일행을 향해 돌아섰다.

"부친은 보다 강력하고 보다 많은 마물을 만들어 다수의 힘으로 세계를 지배하려고 했다. 하지만 나는 다르다. 내가 추구하는 건 개체의 힘. 그 누구에게도 굴하지 않는 나 자신의 힘이다. 그걸 위해서 300년의 시간을 들였다. 와신상담하며 그 시간을 그저 단련에만 소비했다."

그 말을 증명하듯 볼드라스는 전신의 힘을 불어넣었다. 그것만으로 주변의 나무들은 쓰러지고 땅에는 균열이 생긴다.

"하지만 아직 부족하다. 아직 나에겐 더 나아갈 곳이 있다. 그곳으로 나아가기 위해서는, 이제 와선 혼자로는 불가능하다. 강자와 싸우고 사선을 넘어 새로운 경지에 도달할 필요가 있다."

공기가 떨리고 숲의 작은 새들이 일제히 땅으로 떨어진다. 땅

속의 벌레는 기어 나와서는 독기에 닿아 절명한다. 마왕의 주변이 죽음의 공간으로 변해간다──.

"네놈은 그걸 위한 제물이다. 대망하던 극상의 사냥감이다. 그렇기에 네놈은 가장 좋은 상태에서 맛보고 싶다."

일대를 지옥으로 바꾼 마왕은 그 중심에서 살의를 드러냈다.

식욕과도 닮은 투쟁 본능을 드러내고 용사 일행을 노려본다.

그리고 마지막으로 코타로를 가리키더니,

"다시 한번 말하겠다. 근성을 바로 잡고 내 성으로 와라! 이름은 그때 다시 듣도록 하지. 재회를 기다리고 있겠다, 용사여!"

이번에야말로 마왕은 독기에 둘러싸여서 사라졌다.

용사 일행은 결국 마지막까지 한 걸음도 내딛지 못했다.

3

뺨 맞은 기분이었다.

"……정곡을 찔렸어."

갑자기 나타난 마왕.

볼드라스가 말한 건 전부 정론이었다.

"방심했어. 마음이 해이해졌어. 이 세계라면 드래곤이든 마왕이든 간단하게 쓰러트릴 수 있을 거라고…… 마음속 어딘가에서 생각하고 있었던 거야."

씁쓸하게 말하는 코타로. 검을 쥔 그 손은 힘없이 축 늘어져 있다.

"만약 아까 그 상태로 싸웠다면…… 분명 곱게 끝나진 않았겠지."

같은 생각을 하고 있는지 소녀들은 껴들지 않고 묵묵히 그의 말을 듣고 있다.

"그래서 움직이지 못했어. 마왕이 사라지는 걸 보고만 있었어……."

마지막으로 분하게 중얼거리고 코타로는 입을 다물고 말았다.

그 자리를 무거운 침묵이 지배한다. 그 침묵을 깨는 동의나 부정의 목소리도 나오지 않는다.

황폐해진 산길에 망연히 선 용사 일행. 그들은 그저 가라앉은 표정으로 고개를 숙이고 있었지만,

"죄, 죄송해요! 제 탓이에요!"

릴리엘의 큰 목소리에 이끌려 그녀를 바라봤다.

"제가 좀 더 힘에 대해 생각했으면……."

"무슨 말이야?"

눈물을 글썽이는 릴리엘은 몸을 떨면서 자기 생각을 말하기 시작한다.

"암흑룡을 쓰러트리는 정도는 용사님만 계셔도 충분했어요. 하지만 인도의 힘은 동료를 모으고 나서야 클로서스로 향하게 했어요. 저는 틀림없이 제물 역을 할 사람의 숫자를 맞추기 위해서라고 생각했어요……."

거기서 잠시 말을 멈추는 릴리엘.

잠시 머뭇거리던 그녀는 역시 틀림없다 생각하며 말을 이었다.

"필요했던 건 여러분 모두의 힘이었어요. 암흑룡을 쓰러트린 다음에 찾아올 마왕에게 대항하기 위한······."

인도의 힘에 낭비는 없다. 전부 필요한 것이다.

어머니에게서 그렇게 들었으면서──. 릴리엘은 자신의 한심함에 눈물을 뚝뚝 흘렸다.

"죄송해요, 그걸 말씀드렸다면······."

"아니, 릴리 탓이 아니야. 마왕이 말한 대로 우리가 방심하고 있었기 때문이야."

"세계는 평온하고 마물은 약하다는 고정관념 때문에 반응이 늦어지고 말았어요."

"아니, 어쩔 수 없잖아. 뭐니, 저거? 혼자만 레벨이 다르잖아."

"300년 동안의 단련과 전투의 결과겠죠······."

위로하기 위해서가 아니다. 오히려 자신들의 실수와 마왕의 강대함을 인식하기 위해서 코타로 일행은 릴리엘을 중심으로 모였다.

"그 녀석은 강해. 적어도 긴장 풀고 이길 수 있는 상대가 아니야."

"응, 그래. 하지만······."

"그래. 쓰러트리지 못할 상대도 아니야."

용사로서의 본능, 누적된 경험이 알려 주고 있었다.

쓰러트릴 수 있다. 마왕은 쓰러트릴 수 있다. 완벽한 상태로 힘을 발휘하면 반드시 타도할 수 있다고.

"우리라면 할 수 있어. 우리라면 이길 수 있어. 모두의 힘을 합치면 반드시!"

코타로의 눈에 강한 의지가 되돌아오고 있다. 거기에 호응하여 동료들의 눈에도 빛이 깃든다.

탁해져 있던 마음이, 괴어 있던 열이 맑은 바람에 날려 사라져 간다──.

"자아, 가자! 마왕 토벌의 시간이다!"

""""오오~!""""

그리고 용사의 격려를 받은 일행은 강한 발걸음으로 산길을 내려갔다.

목적지는 마왕성, 볼드라스가 기다리고 있는 땅.

천사 릴리엘의 인도를 받으며 용사 코타로는 앞으로, 앞으로 계속 나아간다.

더는 흔들리지 않는다. 방심도 하지 않는다. 그가 가지고 있는 건 용사의 긍지뿐이다.

고통받는 사람들을, 어떻게 할 수 없는 불합리함을 반드시 해결해 보이겠다.

어릴 적에 싹튼 유치할 정도의 정의감은 이제 불꽃이 되어 타오르고 있다.

그렇다. 이것이 코타로다. 용사, 야사카 코타로다.

더는 그는 현혹되지 않는다. 마왕을 상대로 빈틈을 보이지 않는다.

마왕성으로 향하기 위해 아발론에 들러 역마차를 기다리고 있는 동안에도 꽃의 도시의 매력에 현혹되지 않는다. 결코——.

"클로서스에 갈 수 있게 되었다며?"

"그래. 뭔가 드래곤의 습격을 받고 있었다던데."

"뭐? 그럼 못 가잖아."

"토벌되었다더군. 시체도 있는 모양이야. 그걸 구경하려고 도로가 엄청 혼잡해."

"그렇겠지. 나도 한번 보고 싶은걸……. 아니, 잠깐. 그 말은……."

"그래. 오늘도 내일도 취소투성이야."

"뭐어어어어?! 이봐, 어쩔 거야!"

"취소 요금은 받았지만…… 이대로라면 손해가 나겠지."

"그렇다고 해서 예약도 안하고 주문하는 사람은 없잖아."

"썩히는 것도 너무 아깝지. 이렇게 된 거……."

"으아, 역시 그렇게 되는 거냐."

"그래. 열 명 한정이긴 하지만 눈 딱 감고 파격 세일로 《고급 식재료 코스》를 내놓자."

"허어~ 통 크구먼."

"뭐, 오히려 좋은 선전이 될 거야."

"하아~ 뭐, 좋아. 그래서? 메뉴는 어쩔 거야?"

"그렇지, 고기와 생선은 물론 사용하고 스프와 샐러드, 디저트도 껴서……."

마른 중년 남자와 풍채 좋은 중년 남자가 대화하며 골목으로 사라진다.

그 앞에는 가게로 통하는 뒷문이 있고 시선을 옮기자 길목에 내걸린 간판이 보인다.

《비스트로 뷰티튜드》.

별생각 없이 귀를 기울여 남자들을 눈으로 좇고 있던 릴리엘은 그곳에 고급 식당이 있는 걸 깨달았다. 유서 깊은 가게겠지. 목조 뼈대에 벽돌로 쌓은 4층 크기의 묵직한 모습. 전체적으로 앤티크한 정취가 느껴지는 건물은 척 보기에도 역사가 있어 보였다.

뭐, 지금은 그런 건 아무래도 좋다. 마왕 토벌이 최우선이다.

릴리엘은 식당을 향하던 시선을 돌리고 다시 앞을 바라보려고 했지만,

"에엑?!"

코타로 일행이 침을 흘리고 있는 걸 깨달았다.

뭔가 상태가 이상한 코타로, 모니카, 프림로즈 세 사람.

이야기를 듣고 있었는지 그들은 뚫어지게 식당을 바라보고 있다.

"아, 안 돼요! 이제부터 결전이잖아요!"

상황을 파악한 릴리엘은 필사적으로 코타로 일행에게 호소한다.

하지만 홀린 듯 가게를 응시하는 그들은 릴리엘을 거들떠보지도 않는다.

"봐요~ 모자라요! 돈 모자라잖아요?"

말을 걸 뿐만이 아니라 지갑을 열어 안을 여봐란듯이 보여 주는 릴리엘.

여관에 묵고 맛있는 것도 먹었으며 마차도 타고 아웃도어 용품도 샀다.

덕분에 슬슬 지갑이 가볍다. 아무리 파격 세일이라고는 해도 고급 식당 같은 건 당치도 않다. 릴리엘은 그 가혹한 현실을 들이대서 동료들을 제정신으로 되돌리려고 했지만—— 그래도 코타로 일행은 움직이지 않는다.

그들의 머릿속에 떠올라 있는 건 이 세계에서 맛봐 온 것들뿐이다. 꿈만 같은 쾌락과 상상도 못 했던 맛있는 음식들. 이제껏 금욕적인 생활을 보내온 그들에게 그건 그야말로 금단의 과실이었다.

설탕의 맛을 알게 된 사람이 과자와 주스를 끊을 수 있겠는가?

전자제품을 사용해 본 사람이 그 쾌적함을 포기할 수 있겠는가?

답은 NO이다. 한번 맛보면 간단하게 잊을 수 없다.

안 된다고 생각하면서도 이성이 쾌락을 거역하지 못한다——.

"빵! 빵 있어요! 이거라도 먹죠! 네? 네?!"

코타로 일행은 대답하지 않는다.

대신 배가 서글피 울었다.

4

기대되었다.

지금부터 시작될 싸움이 너무 기대되었다.

볼드라스는 무(武)를 더할 나위 없이 사랑하는 마왕이다. 힘과 힘의 격돌이야말로 이 세계에서 유일하게 가치가 있는 것으로 생각하고 있다. 그런 그에게 코타로 일행은 대망하던 강적이자 딱 좋은 사냥감이었다.

"크크크……."

이 미적지근한 세계에 빠져 있던 탓에 얼빠진 모습이었지만

──.

소질은 나쁘지 않다. 나쁘지 않은 정도가 아니라 일등급이다. 이미 그 정도인데 확고한 의지를 갖추게 되면 어디까지 강해질지 볼드라스는 짐작도 되지 않았다. 어쩌면 덧없이 참패하고 말지도 모르지만,

"크, 후후후……."

그래도 상관없다고 생각했다. 그 정도가 아니라면 의미가 없다고 생각하고 있었다.

투쟁이란 원래 극한 상태에서 이뤄지는 법이다. 일체의 허례허식을 배제하고 모든 힘을 쥐어짜 우열을 가리는 궁극의 세계. 그 투쟁이야말로 볼드라스가 추구하던 것이었고 또한 삶의 보람이었다.

사선을 넘을 때마다 강해진다. 검을 주고받을 때마다 실력이 향상된다.

한계는 아직 보이지 않는다. 아직 이 정도가 아니다.

강해지고, 강해지고, 강해져서.

──그리고 언젠간.

《키아아아아아?!》

상념에 빠졌던 볼드라스는 밖에서 들려오는 소리에 눈을 떴다.

《키이이이이이이이!!》

《카아아아아아아아아?!》

부하들의 비명이 들려온다. 그 소리가 알현실로 다가온다.

"느껴진다. 느껴져! 강한 힘이……!"

동시에 전해지는 강자의 기척. 볼드라스는 환희에 마음이 들떴다.

"자아, 네놈들의 진정한 힘을 보여 봐라!"

그렇게 말하자마자 알현실의 문이 날아 간다.

그리고 연기 속에서 나타난 건──.

볼드라스는 할 말을 잃었다.

들어온 건 용사 일행이다. 그건 틀림없다.

하지만 복장이 이상하다. 복장이라고 할까……. 애초에 옷을 입고 있지 않다! 속옷뿐이다!

저래서는 알몸이나 마찬가지다. 시간과 장소에 대한 분별이 전혀 없다.

"뭐, 뭐냐 네놈들! 무슨 생각이냐!"

"당연히 너를 쓰러트리러 왔다."

게다가 대화가 성립되지 않는다.

볼드라스는 그들의 차림새에 대해 질문했다. 하지만 돌아온 건 마왕 타도에 대한 마음가짐뿐. 의사소통이 전혀 되지 않는다. 그런 주제에 타오르는 듯한 투지는 강하게 전해져 온다.

"내 이름은 코타로. 야사카 코타로. 충고한 대로 각오를 다지고 찾아왔다."

"히이이이……?!"

"자아, 승부를 겨루자, 마왕……!"

귀기가 감도는 표정을 한 코타로, 모니카, 프림로즈 세 사람.

릴리엘의 제지를 뿌리치고 옷을 전당포에 맡겨서까지 맛있는 음식을 탐한 그들은 이제 물러설 데가 없다.

여기서 마왕을 쓰러트리지 않으면 면목이 없다. 욕망에 진 자신을 벌하기 위해서라도 세계를 구하기 위해서라도 여기서 전력을 다해야만 한다. 그 강한 의지는 위협이 되어 마왕 볼드라스를 압도한다.

──단지 역시 차림새가 문제라서.

"다가오지 마! 다가오지 마라!!"

이런 것들과 검을 주고받기만 해도 후세까지 이어질 수치다.

긍지 있는 마왕으로서 이름에 먹칠을 하는 짓은 절대로 하고 싶지 않다. 볼드라스는 옥좌에서 일어서서 도망치려고 한다.

하지만 용사 일행은 그걸 내버려 두지 않고 점점 마왕을 몰아넣는다.

"그, 그만둬! 돈이라면 있다! 그걸로……."

옷을 사 와라. 마왕은 그렇게 말하려고 했지만,

"이제 와서 목숨을 구걸하는 건가?"

용사는 들을 생각이 없었다.

7월의 하늘에 시원한 바람이 불었다.

초원에서부터 불어온 것인지 풋풋한 향기가 나는 산들바람은 길을 가는 사람들의 열기를 시원스럽게 날려 준다.

하지만 그것도 한순간이었다. 찬란하게 내리쬐는 태양과 거리의 열기를 받으며 사람들은 번화가로 빨려 들어가듯 나아간다. 이렇게 더운 날엔 차가운 맥주가 맛있을 게 틀림없다. 빙과나 과일을 먹는 것도 나쁘지 않다. 모처럼 아발론에 있는데 물이나 정크 푸드로 때우는 건 아깝다.

"어이~ 길 좀 열어줘! 짐 지나간다!"
"수고했어! 이야~ 오늘도 덥네~!"
"잠깐 기다리라니까! 그렇게 서두르면 미아가 될 거라고!!"

각양각색의 사람들이 오가는 소란스러운 축제 같은 일상.
하지만 평소와 다르지 않은 아발론의 광경.
도시 밖의 조금 높은 언덕에서 그걸 바라보고 있던 코타로는 눈부시다는 듯이 눈을 가늘게 뜨고……

"겉보기엔 전혀 변한 게 없네."

"그런 말은 눈치껏 안 해야지."

자기도 모르게 태클 걸고 만 코타로였다.

"아니, 그게, 마왕을 쓰러트렸는데 변화가 적어서……."

"누가 본 적이 있기는커녕 아무도 모르는 마왕을 쓰러트린 게 잘못이야. 이렇게 될 건 알고 있었잖니."

"뭐, 그건 그렇지만 말이야."

딱히 누군가에게 칭찬받고 싶은 건 아니다.

단지 달성감이 빠졌다고 할까. 평화를 되찾은 실감이 없다고 할까.

이제까지 극적인 변화, 감동적인 엔딩만을 맞이했던 코타로에게 아이리스 가든은 최후의 최후까지 실감이 나지 않는 세계였다.

"용사님~!"

엑셀리아와 둘이서 감회에 젖어 있던 코타로는 목소리가 들린 쪽으로 시선을 향했다.

"오래 기다리셨어요!"

묶은 금빛 머리카락을 하늘하늘 흔들며 언덕을 달려 올라온 소녀.

길잡이 천사 릴리엘을 따라 모니카와 프림로즈도 다가온다.

"미션 컴플리트. 프림로즈, 지금 막 귀환했습니다."

"수고했어."

코타로가 머리를 쓰다듬자 어딘가 자랑스러워하는 거처럼 보이는 프림로즈와는 대조적으로 모니카의 표정은 영 밝지 않다.

가슴 앞에 두 손으로 깍지를 끼고 사죄하는 성녀님은 송구스럽다는 듯 눈썹으로 내 천자를 그리고 있다.

"죄송해요. 저 때문에. 더우셨죠?"

"아뇨, 그 정도로는. 반대로 그쪽은 괜찮았나요? 옷은 되산 모양인데."

"예. 프림 양이 힘써 줘서요. 그렇죠. 프림 양?"

"시장으로 흘러 들어간 물건을 추적하는 정도는 누워서 떡 먹기입니다."

"프림은 대단하네."

마왕을 쓰러트린 다음, 코타로 일행은 전당포에 맡긴 옷을 되사려고 했다.

다행스럽게도 돈은 충분히 있다. 마왕이 모아뒀던 재보를 챙겨서 코타로는 곧장 단벌옷을 되찾을 수 있었다. 하지만 문제는 여성진 쪽으로── 그 옷들은 호사가들의 경쟁 대상이 되었다.

특히 모니카의 옷은 상대한 액수로 거래되고 있었다. 그중에는 비합법적인 수단으로 손에 넣으려고 한 자도 있었다. 성녀가 몸에 걸치고 있던 옷이 다툼의 씨앗이 되었다. 성인답다고 하면 성인다웠지만 약간 께름칙한 이야기였다.

"돈에 눈이 멀어서 전당포에 담보를 맡기다니……."

"역시 성녀니까. 영험 있는 법의는 원하는 사람도 많겠지."

"그런 게 아닐 거라 생각하는데?"

어딜 봐도 원동력이 된 건 물욕이 아니라 성욕이다.

저 정도로 풍만한 가슴을 출렁출렁 흔들며 마왕 토벌을 하러

갔다. 엄청나게 흥분한 남자들이 여자 교복을 사는 것처럼 거래를 한 것도 어쩔 수 없는 일이었다. 단지 뭐, 그 덕분에 조금 시간이 걸리고 말았지만——.

"자, 그럼. 가 볼까."

아발론 시가지를 향해 다시 한번 시선을 향하고는 문득 숨을 내쉰 코타로.

변칙적인 여행이었지만 훌륭하게 마왕을 무찔렀다. 이걸로 사건 해결, 아이리스 가든에도 진정한 평화가 돌아오겠지. 그리되면 용사는 더는 필요 없다. 쓸쓸한 기분도 들었지만, 이별 또한 용사의 숙명이고.

"네! 그럼 다음 나라로 향하죠!"

"……으엉?"

기운 좋게 끄덕이는 릴리엘을 보고 코타로는 쩌적 소리를 내며 얼어붙었다.

"아니, 잠깐만…… 어? 다음 나라?"

"예……! 아직 마왕은 남아 있으니까요."

"뭐시라아아아아아아아아아~~~?!"

포효 같은 큰 목소리에 릴리엘은 깜짝 놀랐지만 경악한 건 코타로 일행이었다.

"마왕이 남아 있어? 하나가 아니야?!"

"예, 옙. 아무래도 선대 마왕은 자식이 많았던 모양이라서 후계자는 잔뜩 있나 봐요."

"그 정도로……?!"

술렁이는 베테랑 용사 팀.

마왕을 쓰러트리면 그걸로 끝이라고만 생각했는데——.

떠올려 보면 마왕이 하나라는 말은 아무도 하지 않았다. 그뿐만 아니라 '온 세계를 엉망진창으로 만들고 다녀서' 같은 말로 각지에 존재한다는 뉘앙스는 확실히 풍기고 있었다. 코타로는 이야기와 현실의 격차를 느꼈지만 사실은 달랐다. 그저 말을 자세히 확인하지 않은 것뿐이었다.

"아, 안심해 주세요! 인도의 힘은 절대적이에요! 어디에 숨어 있더라도 반드시 마왕을 찾아내 보이겠어요!"

"그, 그게 아니라……!"

"익숙한 것도 문제였네, 코타로."

"으윽……?!"

이리스나 릴리엘의 설명이 부족했던 건 부정할 수 없지만 코타로와 엑셀리아에게도 문제는 있었다.

두 번째로 내뱉은 말이 "익숙하니까요."였다. 경험자에게 주저리주저리 튜토리얼을 알려 주는 사람은 없다. 이번 건은 아이리스 가든의 사정을 전형적인 용사와 마왕의 이야기라고 단정한 실수였다.

"그래서 어쩔 거니? 관둬? 아니면 계속해? 완벽하게 끝낸 일처럼 굴더니 그걸 없었던 일로 하고?"

이럴 때야말로 엑셀리아는 기뻐 보인다.

싱글거리며 코타로의 볼을 찌르는 소녀는 마신이라기보다 심술궂은 악마 같았다.

일행 중에서 유일하게 즐거운 듯 추이를 지켜보던 그녀에게 코타로는——.

"물론 계속할 거야! 도중에 내팽개칠 수는 없잖아!"

"흐응~?"

일부러 씩씩하게 말하며 자신과 파티를 격려하는 모습은 그야말로 용사라고나 할까.

"단지 프림과 모니카 씨는 무리하게 따라오지 않아도……."

"아닙니다, 마스터. 아직 상황은 지속 중입니다. 이탈하는 건 있을 수 없습니다."

"그래요. 코타로 씨는 내버려 두면 무리하시니까요. 눈을 뗄 수도 없고 저 자신도 이 세계를 구하고 싶어요."

"다들……."

뜻을 같이하는 사람들이란 이 얼마나 고마운가.

동료의 소중함을 재확인한 코타로는 감동으로 가슴을 떨면서 오른손을 높이 들어 올렸다.

"좋아, 그럼 가자! 목표는 모든 마왕 토벌이다!!"

"""오오~!"""

단결의 고리에 릴리엘도 껴서 결의를 새롭게 다지는 용사 일행.

그들은 코타로가 크게 펼친 세계 지도를 앞에 두고 아직 본 적 없는 이국땅을 떠올렸다——.

"……앗, 이거 여행 잡지였네?!"

"엑……."

"""에엑————?!"""

눈앞에 펼쳐지는 《세계를 돌자 여름 바캉스!》 특집 페이지.

듣고 나서야 이것이 여행 잡지라는 걸 깨달은 코타로 일행은 전율로 몸을 떨었다.

"이, 이럴 수가……! 어느 틈에……!"

"여러분 착실하게 해 주세요~!"

깜짝 놀란 용사님을 보고 오히려 다른 이가 아연실색할 것만 같았다.

손을 휘두르며 필사적으로 코타로 일행을 바로 잡으려는 릴리엘을 바라보며,

"이거 참."

엑셀리아는 성가시다는 듯 한숨을 쉬었다.

후기

새 시리즈, 『용사 일행 유람 여행』을 구매해 주셔서 감사합니다.

처음 뵙는 분도, 그렇지 않으신 분도 즐겁게 읽어 주셨으면 합니다.

타이틀대로 본 작품은 여행이 테마로, 이세계 아이리스 가든의 풍요로운 문화를 접한 용사가 샛길로 새는 이야기입니다. 도입부에 해당하는 1권에는 전형적인 나라가 나왔습니다만 이후엔 계절감 있는 장소나 외국 정취…… 이세계 정취? 넘치는 장소를 여행할 예정이므로 부디 기대해 주세요!

마지막으로 본 작품을 쓸 수 있게 힘써 주신 담당 편집 O씨, 편집부 여러분, 일러스트레이터 호로스케 씨, 이번엔 정말 신세 졌습니다. 이어지는 2권도 잘 부탁드립니다.

그럼 2권에서 또 만나죠. 안녕히.

키가 츠케바 케다마

용사 일행 유람 여행 1

2023년 02월 20일 제1판 인쇄
2023년 03월 02일 제1판 발행

지음 키가츠케바 케다마 | **일러스트** 호로스케

옮김 김민준

발행 영상출판미디어(주) | **등록번호** 제 2002-000003호
주소 07551 서울특별시 강서구 양천로 570 NH서울타워 19층
전화 032-505-2973(代) | **FAX** 032-505-2982

ISBN 979-11-380-2431-0
ISBN 979-11-380-2430-3 (세트)

YUSHA IKKO BURARI TABI Volume 1
ⓒKigatsukeba Kedama, Horosuke 2015
First published in Japan in 2015 by KADOKAWA CORPORATION, Tokyo.
Korean translation rights arranged with KADOKAWA CORPORATION, Tokyo.

구매 시 파손된 도서는 구매처에서 교환하실 수 있습니다.
기타 불편사항, 문의사항이 있으신 독자님께서는 노블엔진 홈페이지 [http://novelengine.com] 에서
Q&A 게시판을 이용해 주시기 바랍니다.

노블엔진(NOVEL ENGINE)은 영상출판미디어(주)의 라이트노벨 및 관련서적 브랜드입니다.

영웅의 딸로 환생한 영웅은 다시 영웅을 꿈꾼다

1~2

'검은 깃털의 암살자'로 불리는 자이자, 사룡으로부터 세상을 구한 여섯 영웅의 일원. 그리고 마신과의 싸움에서 목숨을 잃은 '레이드'는 놀랍게도 동료 부부의 딸 '니콜'로 태어나 새로운 생을 얻었다──?!

전생의 기억을 지닌 탓에 젖도 제대로 빨지 못해 허약한 미소녀로 성장하는 니콜=레이드. 하지만 옛 동료인 용사와 성녀의 딸이라면 누구보다도 강해질 수 있다!

전생의 경험과 부모에게 물려받은 재능으로, 마침내 원하던 마법검사가 되고, 다시금 영웅이 되어 보겠습니다!

ⒸHaruka Kaburagi, Hika Akita 2018
KADOKAWA CORPORATION

카부라기 하루카 지음 | **아키타 히카** 일러스트 | **2023년 1월 제2권 출간**

청춘의 상상,시동을 걸어라!

겉은 성녀, 속은 야수. 귀족 아가씨의 미소로 본성을 감추고,
소녀는 파란으로 가득한 두 번째 세계에서 무쌍한다!!

새비지팽 레이디

사상 최강의 용병은
사상 최악의 잔학 영애가 되어서
두 번째 세상을 무쌍한다

1~2

'신에게 선택받은 자'의 증표로 일컬어지는 눈부시게 빛나는 머리카락의 소유자이자 궁극의 마력을 지닌 공작 영애, 밀레느. 우아하게 머리카락을 휘날리며, 어여쁘게 검을 휘두르는 왕국 제일의 미소녀 검사. 그러나 그 속은…… 《야만스러운 송곳니(새비지팽)》의 별명을 지닌 사상 최강의 용병?!

경이적인 신체 능력만으로 수많은 적을 해치운 전설의 전사는 엄청난 마력을 자랑하는 기적의 영애였다! 파격적인 마력과 전투력을 겸비한 소녀는 대륙에 이름을 떨치는 맹주의 자녀를 끌어들여 세계의 정세를 뒤바꾸어 나간다……!

호쾌한 역사 회귀×빙의 판타지! 개막!!

아카시 칵카쿠 지음 | 카야하라 일러스트 | 2022년 10월 제2권 출간
청춘의 상상, 시동을 걸어라!

세상을 두려움에 떨게 하는 마녀와 암살자 소년은
북쪽의 얼음 왕국에서, 눈의 여왕과 대치한다!

마녀와 사냥개

2

카미츠키 레이니
Illust **LAM**

Witch and Hound
— Preserved flower —

Ⅱ

마법과 이를 다루는 마술사의 힘으로 나라를 위협하는 아멜리아 왕국을 저지하고자 '재앙'으로 인식되는 위험한 '마녀'를 모은다는 캠퍼스 펠로우 영주 버드의 뜻은 암살자 '검둥개'로 불리는 소년 롤로가 이어받았다.

하지만 이웃 나라의 배신으로 치른 희생과 맞바꿔 '거울의 마녀'를 맞이한 롤로를 기다리는 것은 암울한 소식뿐.

이에 롤로는 재상 브래서리, 기사단 부단장 빅토리아를 더한 캠퍼스펠로우 사람들과 함께 '북쪽 나라' 노스랜드──영주 버드가 동맹을 맺은 설왕(雪王) 홀리오가 다스리는 마을과 얼음 성에 산다고 하는 '눈의 마녀'가 있는 곳으로 향한다──.

카미츠키 레이니 지음 | **LAM** 일러스트 | **2022년 10월 제2권 출간**
청춘의 상상, 시동을 걸어라!

대마법사를 꿈꾸는 세계 최강 무투가,
마력을 찾아서, 어디든지 갑니다!

지나치게 노력한 세계최강의 무투가는 마법 세계를 여유롭게 살아간다

2

마법사를 꿈꾸는 세계 최강 무투가 애쉬는 마력이 없는 체질을 어떻게든 하려고 급기야 약에 의존하려고 한다. 한편, 마법 기사단 앞에 마왕 〈어스 로드〉가 강림하고, 압도적인 힘으로 사람들을 절망에 몰아넣는 마왕을 갑자기 나타난 애쉬가 한 방에 분쇄! 그 활약을 본 공주님에게 최고의 선물(?)을 받는다! 하지만 마왕의 집결은 멈추지 않는다. 다가오는 〈라그나뢰크〉를 대비하는 용사 일행 앞에 상대의 힘을 복제하는 〈라이트 로드〉가 강림! 애쉬의 힘을 복제하려고 하는데……

**세계 최강 무투가의 유유자적 학원 생활!
마력을 찾아서, 제2탄!**

왕코소바 지음 | 니노모토니노 일러스트 | 2022년 12월 제2권 출간
청춘의 상상, 시동을 걸어라!

소꿉친구가 절대로

지지 않는 러브 코미디

7

부모와의 문제를 해결한 마리아는 뭔가 분위기가 변해서 나도 함께 있으면 전보다 쑥스러운 느낌이…… 아니, 이거 설마 쿠로하나 시로쿠사와 마찬가지로 마리아를 의식하고 있다는 건가?!

그런 마리아를 포함한 세 사람의 어프로치가 점점 강렬해지는 가운데 새롭게 문제가 발생했다. 아카네가 불량한 선배에게 고백을 받고 뭔가 일이 생긴 모양이다. 여기서는 옆집 오빠로서 도와줘야겠지! 그래도 중학 시절 교복을 입고 학교에 잠입하는 건 부끄럽습니다만……. 여자애들의 중학교 교복 차림을 볼 수 있는 건 행운이지!

그나저나 아오이와 미도리도 최근에 뭔가 이상한데, 내가 무슨 짓을 한 건 아니겠지?!

©Shuichi Nimaru 2021
Illustration : Ui Shigure
KADOKAWA CORPORATION

니마루 슈이치 지음 | **시구레 우이** 일러스트 | **2022년 12월 제7권 출간**

우리 옆집엔 천사님이 산다── 무뚝뚝하면서도 귀여운
이웃과의 풋풋하고 애틋한 사랑 이야기.

옆집 천사님 때문에 어느샌가 인간적으로 타락한 사연
1~6

2023년 1월 애니메이션 방영

후지미야 아마네가 사는 맨션 옆집에는 학교
제일의 미소녀인 시이나 마히루가 살고 있다.
두 사람은 딱히 이렇다 할 접점이 없지만, 비가
오는 날 흠뻑 젖은 시이나 마히루에게 우산을
빌려준 것을 계기로 기묘한 교류가 시작되었
다.

혼자서 너저분하게 대충대충 사는 아마네를
차마 보다 못해, 밥을 차려 주거나 방을 청소해
주는 등 이것저것 챙겨 주는 마히루.

가족의 정을 그리워하면서 점차 다정한 모습
을 보이기 시작하는 마히루. 그러나 그 호의를
알면서도 자신감이 없는 아마네. 두 사람은 자
신의 마음에 솔직하게 굴지 못하면서도 조금씩
서로의 거리를 좁혀 나가는데 ······.

사에키상 지음 | **하네코토** 일러스트 | **2022년 12월 제6권 출간**
청춘의 상상,시동을 걸어라!